塔湖·書
TOWER LAKE BOOK

STUDENT EDITION
WANG KAI LING collection
王开岭作品
增订本

王开岭：1969年生，祖籍山东滕州。历任中央电视台《社会记录》《24小时》《看见》等栏目指导。著有《精神明亮的人》《古典之殇》《激动的舌头》《跟随勇敢的心》《精神自治》《当年的体温》等散文随笔集。其作品大量入选文学典籍、大中学读本和各类中高考试题。在读者心目中，他被誉为"精神明亮的人"，其著作被中国校园公认为"精神启蒙书"和"美文鉴赏书"。曾获上海"萌芽文学奖""山东文学奖""在场主义散文奖""百花文学奖"等。

每个故乡都在消逝

中学生典藏版 自然忧思卷 ○ 王开岭 著

山西出版传媒集团
山西教育出版社

图书在版编目（CIP）数据

每个故乡都在消逝：自然忧思卷/王开岭著. —增订本. —太原：山西教育出版社，2016.5（2017.9 重印）

（王开岭作品：中学生典藏版）

ISBN 978-7-5440-8357-7

Ⅰ. ①每… Ⅱ. ①王… Ⅲ. ①散文集-中国-当代 Ⅳ. ①I267

中国版本图书馆 CIP 数据核字（2016）第 076161 号

自然忧思卷·每个故乡都在消逝

出 品 人：雷俊林
出版策划：孙　轶
责任编辑：刘晓露
复　　审：李梦燕
终　　审：潘　峰
设计总监：王春声
印装监制：蔡　洁

出版发行：山西出版传媒集团·山西教育出版社
　　　　　（太原市水西门街馒头巷7号　电话：0351-4035711　4729801　邮编：030002）
印　　装：山西臣功印刷包装有限公司

开　本：889×1194　1/32
印　张：8.875
字　数：210 千字
版　次：2016 年 5 月第 1 版　2017 年 9 月山西第 4 次印刷
印　数：68 001—78 000 册
书　号：ISBN 978-7-5440-8357-7
定　价：23.00 元

如发现印装质量问题，影响阅读，请与印刷厂联系调换。电话：0351-7337712

在升旗仪式上的演讲(增订本代序)

很激动站在这里,和大家分享这样一个时刻。

这个时刻,无论对于大自然,还是对于人生,都是敏感而庄严的。十多年前,我写过一篇散文,叫《精神明亮的人》,我从19世纪法国作家福楼拜的一个生活习惯谈起,提到了清晨之于感官和知觉的意义,提到了苏醒的光线对身心的滋养和激励。我说:"按时看日出,是生命健康与积极性情的一个标志,它不仅代表了一记生存姿态,更昭示着一种生命哲学和精神美学。透过晨曦,我看到了一个人在给自己的生命举行升旗仪式!"又过几年,"精神明亮的人"成为我一本书的书名。

升旗,这是个精神仪式。升起的既有这个国家的旗帜,还有我们青春的旗帜。与之一道升起的,还有我们的憧憬:对自由、价值和尊严的渴望,对这个国家未来的期许。旗帜上的内容,不似教科书里那么简单,它更真实、更辽阔的部分,需要你们去填写、去描画。我们要在提升自己的同时,提升这个社会,提升这个共同体的气质和品格。换句话说,这面旗帜,它需要和太阳一起,不断地诞生,它每天都是新的。

让我们把自己升起来,让我们把这个国家升起来,把未来升起来!我们是什么,它就是什么!这面旗帜、这个国家就是什么!这就是升旗的意义。

今天,我最为感动的是,面对你们纯真的面孔!无论生理还是心灵,你们都是清晨里的人,这多么美好，多么让人羡慕。前几天，在微博上看到有位中年人在吐槽：感叹自己和周围的同龄人，"如今都长着一张应酬的脸"，忙着与各种事物周旋、缠打、唱和、献媚，脸上的笑纹、笔画，都是假的，是修饰过、格式化、计算好的，那张脸上只有一个逻辑，即"利益最大化"……作者惊讶于这些脸"竟然长得一模一样"。是啊，这种一模一样的人很多，他们暮气沉沉、锈迹斑斑，他们成了精神意义上的老年人，他们的灵魂爬满了皱纹，他们每天都在暗地里给生命降旗、给青春和梦想开追悼会。

一旦面具戴久了，脸就长成了面具的模样。

是的，他们的人生已成酱缸，发霉变馊了。

而你们不是，至少现在不是。你们郁郁葱葱，正冉冉升起。

感谢你们的学校，为我提供了这样一个时刻，让一个生理上的中年人，和这么多干净的少年人一起，为生命举行升旗。这份早晨的空气，连同你们纯洁的气息，我将深吸一口，收藏在我的脑海里、肺腑里。

也希望多年以后，你们的脸上，依然留有这份气息，并用一生来拒绝那张"应酬的脸"落在自己的肩膀上。

近来，我常说的一句话是：在一个雾霾的时代，让我们提升内心的光线，做一个精神明亮的人。

何谓精神明亮的人？我的理解是：精神意义上的"年轻人"。

具体地说，是有着清晨特征、闪着露珠、身披霞光的人，是有行动品质的理想主义者，是头脑合格、有公民意识和共同体责任的人，是性情温美、内心充满诗意的人，是在认清了生活的真相之后依然热爱生活的人。

校园是什么？校园就是培养"年轻人"的地方，是"年轻人"的保护伞，是精神孵化器和价值庇护所！

在我看来，教育的目标、读书的任务，即繁衍这样的生命类型：精神明亮的人。

如果说，大学侧重培养的是能力，是专业技能和系统化智识，那中学孕育的就是种子，是本色和基因，是生命的奠基工程，尤其在基础信仰、生命性情和价值观的常识启蒙上，它显得更为关键，比如对生命和个体的态度、对大自然和动物的态度，比如独立思想、人道主义、宽容精神、自由信念、悲悯情怀、体恤意识、共同体责任和使命感……

如果说社会能让一个初出校门的人轻易变质，那说明这种子还不够强壮，不够结实。

读书，就是育种。读什么书，就是育什么种。

一个人的心灵发育史和精神成长史，取决于他的阅读史。

既然是史，就有个选项和次序问题。生活饮食上有个很固执的现象：一个人无论身在何处、年龄几何，他最偏嗜的还是家乡那一口。这并非怀旧情结和文化心理在作祟，科学解释了这一点：我们的舌苔有着顽强的幼时记忆，它默认的逻辑是"最早的即最好的"，先入为主，并绝对忠诚。天下人皆认定母亲掌勺的菜最好吃，是因为我们味蕾所受的启蒙和熏陶，源自于她。

同样，作为精神食粮，一个人在少年时代读的书，塑造了他一生的性情、格调、品位乃至信仰，决定了他的内心气质、价值走向和审美趣味。

吃饭可以不挑食，但读书应该"挑食"。而且要挑对食，专挑美食来吃。

什么是好书？书该如何读？我个人体会，它要满足三个方面的考核：语言系统、美学系统、价值观选项系统。适合少年人的书，应分别或同时在以上三个方面有所贡献：第一、展示语言的准确、生动和美，包括创造性使用，以显现汉语的能量、逻辑、技巧和魅力。第二、提供自然美学、情感美学、生活美学、艺术美学、人格和精神美学。第三、输送优秀的价值观选项，供孩子们借鉴、比较和录取。

读书的最大利益也不是为了考试，而是为了做人，把人做对、做好、做美。

读好书、读对书，就具备了做好人、做对人的可能。一所学校，考取的状元和名校生再多，升官发财者再多，最终一盘点，它送出的贪官也多，堕落者也多，人格缺陷者也多,那它的校园文化和常识教育就是失败的。

"读万卷书,行万里路",读书和旅行,确是人生最幸福的事。读书也是旅行,内心之旅,它穿越的是人类史上那些璀璨的精神地理和心灵风光。一个人即使踏遍了全世界,若回不到自己的内心,那在精神上依然足不出户、孤陋寡闻。

老师,尤其语文老师,应成为汉语世界里的旅行家和鉴赏家。你是什么,语文就是什么;你有多大,课堂即有多大;你有多美,语文即有多美;你读什么书,孩子就读什么书。

今天的孩子读什么书,中国的未来就是什么样子。

最后,赠送大家一句话,海明威说:这世界很美好,值得我们去奋斗!

记住,奋斗——是个动词。

附记:以上是在一所中学升旗仪式上的演讲。近年,应邀访问中学的次数,已经超过了高校和业界。

面对那些纯真的额头和他们的老师，我遇到了最熟悉我的人。他们是我作品最精细、最深情的耕读者，那种至微的熟悉，让我感受到了幸福，感受到了夏天。这份热浪，甚至帮我抵御了十几年来新闻生涯在内心积下的孤独和霜寒。

谢谢你们。

近年写作甚少，趁出版社修订这套书之际，增补了十篇新作，望大家喜欢。

2016 年 4 月 5 日　北京

恰同学少年（代序）
——一封应邀写给大学新生的信

1

在我心目中，人生有两个季节最值得怀念和审美：一个是童年，一个是青春——尤以"大学"为标志的青春。它们是人生流程中最唯美的两栋时空，人生最诗意的元素、最烂漫和绮丽的风光都寄宿其中。不夸张地说，它们的生命美学含量，占去了人生一大半。

童年是懵懂的清晨，像沾露的牵牛花，枝条鲜嫩、柔软，充满汁液和梦幻。而青春则是朝阳时分了，用某个政治家的话说，是"八九点钟的太阳"。尤其是种植在大学里的青春，更犹如黄金般的向日葵，不仅意味着激情、昂扬、蓬勃，更重要的，它是理想主义的代名词。

若赐我机会，让我在人生中选一个季节再来一遍，我会毫不犹豫地举起它：大学青春。

或许是偏见吧，我一直觉得，"青春"，只有借大学这块领地才能演绎得淋漓尽致，其他舞台上的青春都是打折的。我说的"青春"，并非一个年龄符号，而是一种与"青春"匹配的生命状态和心灵风光：从自然性上讲，"青春"乃生命力最鲜活最旺盛之时，就像一枚能量充沛到峰值的电池，前后都是减量的了；从精神性上看，"青春"是最心旌摇荡的季节，情感枝叶最茂密，梦想的天线架得最高，像夏日里的爬墙虎，疯长到一切可攀之处。而在我眼里，大学恰恰是

"青春"的天堂,只有在校园如此纯粹和宁静的特区里,像"花样年华"之类的词,才能得到真正的孕育和演绎。

如此美好的时节,怎样才能不辜负它呢?

作为一个驶过了车站的人,一个妄想将它再来一遍的人,有什么要对你们说呢?想来想去,聊几点值得珍惜的细节吧。因为,这些细节正愈发成为我——一个远离校园者的羡慕与怀念。

2

珍惜"共栖"。

在我眼里,大学生活有一道迷人的风景线:同窗共栖。

无论教室、餐厅、宿舍、礼堂、操场、夜自习、林荫道……你都不是形单影只,你都和孤独无缘,你的前后左右都是同窗(仔细想想,"同窗"是多美的一记汉语!)……那种簇拥的热烈、被众多体温环绕着的感觉,那种平等而亲密的伙伴关系,那种无须周折即可缔结的友谊和情义……多年以后，置身成人社会后的某一天，你会突然发现，"单位"、"科室"、"同事"、"级别"、"职称"、"头衔"这些词的含义，比起"班级"、"宿舍"、"课堂"、"同窗"、"室友"、"闺蜜"们来——不知复杂和深奥了多少倍，冷漠和乏味了多少倍！大学，它把你们的青春设定为天然的"连体"和"同盟"关系，它为每个人都预备了那么多的同伙，你们应学会感激、珍惜，因为它不复再来。多年后，当你站在大街的茫茫人海中、坐在自家的居室里，你会深情地怀念操场上的挥汗如雨、赢球后的举杯相庆、夜自习的灯火阑珊，还有寝室里那些小小的风暴；当那曲《同桌的你》或《睡在我上铺的兄弟》悠然飘来，你会隐隐动容，微笑或惆怅……

　　曾经，我所在的央视《社会记录》做过一期节目，用镜头记录了毕业前几所大学的日常生活，有一幕画面让我感动：2007年6月1日晚，北理工的操场上，几千名毕业生席地而坐，他们屏息静气，等待着某种诞生。对面宿舍楼的灯全熄了，很快，一间屋的灯亮了，一连串的屋亮了，操场开始沸腾，最后，夜色中浮现出五个灯火缀成的大字——"再见，北理工！"面对那些热泪盈眶的青春，我的心也湿了。我知道，这是青春的告别，这是大学的童话。为了这一声"再见"，他们用了13个楼层、几百间宿舍，所有人都参加了演出。再见了，朝夕相处的日子，同窗共栖的生活……他们用灯光完成了最后一次牵手和拥抱。

"同窗共栖"，这是大学送给你们的独家礼物，这是青春特有的生活图案和精神方阵。在我这个过路人眼里，它多像一片向日葵地，金黄、灿烂、碧绿、昂扬！好好守护，学会欣赏和迷恋吧。有报道说，现在一些大学生厌倦了宿舍，在外租房独居或与恋人同居，我听后有些黯然。说实话，我不认为这样做违反了什么纪律，我只觉得辜负了一份天然契约，辜负了生活的一份美意。要知道，你们有的是机会从伙伴们身边溜走，有的是光阴躲在格子里享受私密，那是你们今后几十年的状态，漫长的成人岁月等着你们，而"宿舍"的风景将不复再来，成为永远的绝唱。我不想指责谁，只是为你们提前与伙伴失散而遗憾，这是青春的隐痛，这是校园的损失。

某次,有人让我评价一下易中天们的"百家讲坛",我说:"它让千百万成年人又回到了教室,成为了'同学'。"这样说一点讥讽之意也没有,确是我对"百家讲坛"的观感。看电视时,我很留意现场"同学"的状态,尤其是表情特写,你会看到,尚未开讲,那些大龄面孔、那些拿着小本子和钢笔的手指,就开始闪烁一种兴奋,无论台上讲得如何,那种幸福的光彩从未消失过……后来我明白了,这种坐在教室里的机会、这种饰演"同学"的体验,本身即很让成年人满足了。他们会想起什么呢?或许,会有一种恍惚,觉得自己又年轻了,又回到了济济一堂的青春……这算是一种"情景美学"吧。我想,对电视机前的观众来说,这种"回到教室"的幻觉也会有的。至少我有。
　　啰嗦了这么多,我只是想传递一个信息:珍惜你们最后的教室时光吧!珍惜你们被唤为"同学"的每个春天吧!多年后你将发现,那是青春最美的徽章和证件。

3

珍惜"阅读"。尤其是缓慢的纸质阅读。

大学是领略知识和艺术的最佳时令。据我的体会，人生最重要的拓展阅读，都是在大学不知不觉完成的。尤其是那些专业外的营养，文学、历史、艺术、哲学、宗教、科普、民俗……无形中，它们将撑起你的心灵美学、精神理念和价值观之核心部分。在我看来，人的发展有二：智力和心性。智力是一辈子的事，心性更是一辈子的事。但心性有个特点，那就是它的奠基很重要，决定一生的走向，而大学就扮演了这个奠基角色，影响人一辈子的书多是大学里读的。步入社会后，劳务繁忙和俗事纠缠将大大剥夺一个人的精力，与书的缘分越来越淡，即使有暇，但心境已荒，搬弄的也多是快餐类和应用类读物。

在大学，我强烈推荐你们多作"纸质阅读"。我有个固执的己见：唯有纸做的才叫"书"。一旦离开了纸质，书的血肉和风骨即荡然无存，只剩一堆信息。

这是个信息载体日益多元的时代，尤其对青春而言，网络传播、影视文化、数码产品有着巨大的时尚诱惑，我一点也不否认其魅力，我只是提醒：不要因此而轻慢了书籍！对现代人来说，书实实在在有被废掉的危险。

作为几千年的文明载体，书册承载着笔墨文化特有的美学细节，它会给你信息之外的许多东西：它有分量、体态、气质，它可拥、可携、可藏、可赠，又可圈可点、可展可掩，它是会呼吸和有灵性的，它染有每届主人的指纹和体温——属于"贴身文化"。人有人格、人品，书有书香、书魂，人与书之间那种肌肤相亲的偎依感、愉悦性，乃电脑远不及。在阅读情景和消费状态上，书与电子品截然不同：书是独立自足的系统，不像电脑需要复杂的配置和昂贵的支持，其消费极清廉，随时随地、简便易行。另外，最特殊、也为我最看重的，乃纸质阅读对心性的熏陶与濡染：它氛围朴素、恬静，节奏舒缓、悠闲；它鼓励目光的停留，鼓励掩卷冥思和逐字逐句；它支持一个人的从容、静气和定力……而网络阅读的高速滚动和声光电，激弹起的往往是人的焦灼和仓促情绪。再者，从信息储存的安全性上看，书显然更守信用，像个君子，值得托付。

我还建议多作些"重磅阅读"和"漫长阅读"，即试着多去拜访大师和大书，去叩响那些"经典"的厚重之门，比如《卡拉马佐夫兄弟》，比如《约翰·克利斯朵夫》，比如《往事与随想》（我以为，一个人即便只读这几部书，精神也足以变得高尚与伟岸）。我想，对现代人来说，一生中接触大书的机会，十之八九是在大学里。你实在想不出，除了大学，还有什么样的环境和心境能让一个人面对这些"务虚"和"漫长"之物。再提醒一点：无论专业是什么，在你的书单上，都别少了诗歌、哲学和长篇小说。这几样很重要，像一组不同色调的家具，它们搭配起来，你生命的那栋房子——智识客厅、精神阳台、心灵卧室，会更优雅、辽阔和温馨。

大学乃书的殿堂，其尊严和根基源于书的厚度。

大学的空气即"书卷气"。大学的使命即培养"书生"。

千万不要为"书生"一词感到羞愧，否则一定是你误解了。在我看来,"书生"的最大内涵就是"理想主义"。评价"书生",就看他和书的亲密程度。

4

珍惜"动情"。

和青春形影不离的词中,最敏感和最美妙的,非"恋爱"莫属了。我没用"爱情"这个词,我有个己见:爱情是一件开始很早、理解太晚的事。若非意外,一个人至少要到 30 岁后才懂爱情,才可能触摸爱情。而"恋爱",我视为一个动词,也就是说,你可以做出这个动作,但未必真的懂。换言之,人未必要等到懂了后才做出这个动作。我想,我对恋爱的态度已明朗了。

青春怎会不动情呢?"动情"是春天里最美的事(我个人觉得,它比恋爱还要美)。从"动情"到"恋爱"还有一段距离,如果说"恋爱"是一个事实,那"动情"则是一桩秘密,而且是青春最大的秘密,像花园深处的小径,只适于一个人走进去。其实,我希望你能在这条小径上走得慢一点,走得足够长、足够深……不要让它匆匆结束。

"动情"是个关于"心跳"的故事,有一个丰富的美学系统:邂逅、萌动、慌乱、羞涩、期盼、惴惴不安……各种元素和细节你最好都充分体验,别省略,别偷工减料、急于求成,按它的自然原理和节奏,像小说里的情节那样,像对待一项使命那样……在我心目中,"动情"是一个长篇,长篇叙事诗。太短则是损失。

接下来,可能就是"恋爱"了,就变成了两个人的合作。这是一个交换过程,也是一部成长故事。无论结局如何,我都想推荐席慕蓉的那首诗给你们——

> 在年轻的时候,如果你爱上了一个人,
> 请你,请你一定要温柔地对待他。
> 不管你们相爱的时间有多长或多短,
> 若你们能始终温柔地相待,那么,
> 所有的时刻都将是一种无瑕的美丽。
> 若不得不分离,也要好好地说声再见,
> 也要在心里存着感谢,感谢他给了你一份记忆。
> 长大了以后,你才会知道,在蓦然回首的刹那,

没有怨恨的青春才会了无遗憾，

如山冈上那轮静静的满月。

——席慕蓉《无怨的青春》

  无论是一个人的动情，还是两个人的恋爱，都要怀揣一颗神圣之心。别轻浮，别鲁莽。因为这件事实在太美，像天上的云。

  最后，我想小心翼翼提一个建议：不要随意和过早地尝试性。你打开了一扇门，即等于关上了一扇门，从审美的角度看，最美妙的门一定是虚掩的那种。青春最美的是绽放，而非收割和斩获什么。花朵总是比果实更鼓舞人，春天里，为何要急急做秋天的事呢？秋总要来的，而且漫长。否则，你会因秋的提前降临而怅然，会因激情的透支而疲惫，甚至荒了心野。

  和外面的世界相比，我一直认为，大学生活，应有一种精致的"慢"：慢慢地读一本书，慢慢地写一封信，慢慢地喜欢上一个人……在一个什么都贪图速效的快餐年代，这尤为珍贵。

  （按说恋爱属极度个人的事，外人不宜说三道四的,可我还是说了些。一己之言,不足为据。)

打着"珍惜"的旗号,我已唠叨太多。其实,对青春,怎么想象和演绎都不过分,你们是自由的,每个人的青春都不重复。所以对青春的你们,我只道"珍惜",不说"必须"。你们遭遇的"教导"已太多太多了。

新中国成立初期,有人写过一首著名的诗,叫《时间开始了》,抒发的是新生活从此诞生之激动。我觉得此激动用在你们身上也合适,你们也开始了,开始了,一段值得羡慕的人生开始了……

祝福你们。

2010 年

CONTENTS 目录

01 再见，萤火虫　　/001
02 乡下人哪儿去了　　/007
03 对动物权利的声援　　/010
04 每个故乡都在消逝　　/018
05 消逝的"放学路上"　　/026
06 古典之殇　　/034
07 丢失的脚步　　/041
08 这个叫"霾"的春天　　/049
09 人生树下　　/054
10 雪白　　/057
11 远行笔记（四章）　　/061
12 大地伦理（四章）　　/069
13 耳根的清静　　/078
14 谁偷走了夜里的"黑"　　/083
15 仰望：一种精神姿势　　/089
16 人类如何消费星空　　/092

17　蟋蟀入我床下　/100

18　湮灭的燕事　/107

19　荒野的消逝　/114

20　"恐龙胃"与"物理人生"　/130

21　好东西都是原配的,好东西应是免费的　/141

22　江河之殇　/148

23　茶憾　/155

24　桥是水的情书　/159

25　追着井说声"谢谢"　/164

26　那些美丽的禁忌　/169

27　让我们如大自然般过一天吧　/174

28　消逝的地平线　/179

29　多闻草木少识人　/185

30　人是什么东西　/189

31　日子你要一天一天地过　/192

32　自然长大的猪　/198

33　生活在险境中　/202

34 人生被猎物化　　/205

35 熊的笑声　　/207

36 窦娥冤，果子狸　　/210

37 我们拿什么送给孩子　　/217

38 老北京的童话　　/222

39 柳泉人烟　　/230

40 文化即拖时代后腿的那股定力　　/234

41 谈谈墓地，谈谈生命　　/238

42 这是最好的时代，这是最坏的时代　　/249

01

再见，萤火虫

> 映水光难定，凌虚体自轻。夜风吹不灭，秋露洗还明。
>
> ——谜语

曾经，我住得离玉渊潭很近，逢夏夜，即去湖边遛弯儿，每挨近黑魆魆的灌林，总禁不住东张西望，朝窸窸窣窣的草丛打听什么……

你们在哪儿呢？捉迷藏？还是被风刮跑了？

扳指一算，我有二十余年没见萤火虫了。

发源于西山的昆玉河，加上湖、林、塘、苇、野鸭……玉渊潭堪称京城最清洁的水园子了，也是唯剩野趣的地儿，她的湖冰和早樱都很美。即便如此，其夏夜却让我黯然神伤，那一盏盏清凉似风的小灯笼呢？那明明灭灭、影影绰绰的小幽灵呢？

连续几个夏季，我一无所获。我知道，对水源有洁癖的萤火虫，若不在这里落脚,恐怕城里也就无处投亲了。

天上的星星,地上的流萤。
小时候,这是我沉迷夏夜的两大缘由。
故乡有个说法:天上几多星,地上几多萤。所以,每捉了它,都不敢久留,先请进小玻璃瓶,凝神一会儿,轻轻吹口气,送它跑了。
我怕天上少了一颗星。

无人工照明的年代,自然界唯一的光华,唯一能和星子呼应的,就是它了。

> 我徂东山,慆慆不归……町畽鹿场,熠耀宵行。

这是《诗经·豳风》里的景象。一位思妻心切的戍边男子夜途返乡,替之照明的,竟是漫山遍野的流萤,多美的回家路啊!
萤虽为虫,但古代很少以虫称之,其绰号多得数不过来:蚈、照、夜光、景天、挟火、宵烛、宵行、丹鸟、耀夜、熠燿、夜游女子……我最喜欢的还是"流萤"。一个"流"字,将其隐隐约约、稍纵即逝、亦真亦幻的飘曳感、玲珑感、梦游感——全勾画了出来。萤之美,除了流态,更在于光,那是一种难以形容的光,或者说它只能被用去形容别的。
那光,或说青色,或说黄绿,还有说冰蓝,我觉得皆似,又皆非。你刚想说它忧郁,又觉不失灿烂;你刚想说它冷幽,又觉颇含灼情……总之,有一抹谜语的气质,一股童话的味道。
它静静的、微微的,很聪慧、很羞涩,像什么人的目光。

它能激发你无穷的灵感和描述欲望,虽然换来的是沮丧。

插点趣事。小时候第一次看见荧光灯,尤其见它启动时不停地眨眼,我以为里面住着萤火虫。想必受了"囊萤夜读"的蛊惑,觉得它能盛在容器里照明。另外,我30岁之前,一直把荧光灯写成"萤光灯"。

娱乐界有个动词叫"闪亮登场",形容某个人隆重上台,不知咋的,一听之我即想起萤火虫,用在它身上太贴切了。

农历七月,流萤最盛。清嘉庆年的四川《三台县志》这样描述:"是月也,金风至,白露降,萤火见,寒蝉鸣,枣梨熟,禾尽登场。"巧得很,俗称"七月半,鬼乱窜"的送衣节(又称中元节、盂兰会、鬼节)正值七月十五。据民俗家推测,鬼节位于此,大概和田野里流萤闪烁让人联想到鬼魂有关。

这联想真的很美。相传七月初一,阴曹地府打开鬼门关,鬼魂们可到人间散散心,也就是休探亲假。而人间七月,瓜果稻粟皆已入仓,酷暑亦过,也该置衣备寒了,从物资到节气,正是孝敬先人的好时候。

朵朵流萤,鬼魂返乡……很温馨。少时读《聊斋》,即觉得鬼魂很美,一点不可怕。成年后,尤其是父亲去世,我更加想,若没有魂,若魂不可现,若阴阳两界永无来往,多么可怕啊。

我爱鬼魂,爱一切鬼魂传说。

民间的两个说法,"腐草化萤"和"囊萤夜读",都被科学证了伪,指成迷信和虚构。我想,现代人真蠢啊,竟拿这么浪漫的事开刀,没劲。古人重意境和梦游,不问虚实,擅长诗意地消费。面对这般影影绰绰的流萤，人的精神难道不该缥缈些吗？

腐草化萤，化腐朽为神奇，多可爱的想象，多灿烂的心愿。

心愿即事实。一点不逊于事实。

较之现代人的刻板和物理，古人的生活有种务虚之美。

长大后翻古书，方知白日听蝉、黑夜赏萤，乃文人最心仪的暑乐。一聒一静，一炎一凉，没有这俩伴儿，夏天就丢了魂，孩子就丢了魂，风雅者就丢了魂。

"银烛秋光冷画屏，轻罗小扇扑流萤。天阶夜色凉如水，卧看牵牛织女星"，杜牧这首《七夕》，我以为是萤文中最好的。

作为虫，"萤"字飞入古诗中的频率，大概超过蝴蝶，堪与蟋蟀并列。"长信深阴夜转幽，瑶阶金阁数萤流"、"于今腐草无萤火，终古垂杨有暮鸦"、"夕殿萤飞思悄然，孤灯挑尽未成眠"……我想，一方面和彼时萤繁有关，抬头不见低头见；一方面古人对萤的注视和美学欣赏，已成雅习。

那时候，不仅有萤，且有闲、有心、有情。问问现在的城里孩子，谁见过流萤？我问过，一个没有。现代人与一只萤火虫相遇的概率，已小于日全食。

若论对流萤的感情和消费程度，古代中国排第一。

现在排第几呢？

估计末位了。思情尚存，消费谈不上了。

和华夏一样，东瀛日本也热爱萤火，而且，这份爱从古到今一路飘移，始终不渝，不减不损。它现设十几个供流萤栖息的"天然纪念物地区"。小小微虫，享如此待遇，举世罕见。

动漫大师宫崎骏，有部电影叫《萤火虫之墓》。其中最打动我的，是让漫天流萤给灵魂伴舞，或者说，流萤即灵魂，灵魂即流萤……

这是典型的东方美学和古式情怀。日本人没有丢，牢记着。

我看到一篇哀悼萤火虫的科普文章，称其比华南虎等明星更重要，因为它属于"指示物种"。意思是说，在自然界，它属广泛性、基础性、标识性的生物，若其濒危，证明生态环境已极其恶劣。萤很单薄，水污染、光污染、农药化肥，乃其致命敌。

为什么美丽的东西都脆弱？为什么人类活得越来越顽强？

在北京后海边，我对朋友说，未来我想干这样一件事：养萤火虫！

除了自个儿放赏，还可卖与酒吧、露天餐厅、聚会和盛典场所……朋友哈哈大笑，你想学隋炀帝啊。他说的是"集萤放赏"的故事。炀帝酷爱流萤，逢夏夜，要把好几斛的萤虫放至山上，游累了才肯回去睡觉。皇帝的想法，若抛去腐败因素，往往都很美。让人羡慕的是，他行动力强，不空想。

如今，北京夜空中常见一朵一朵的闪烁，比树高，比云低……

那是人在放夜筝，上面绑了发光器。

还有一年，和朋友在厦门海滩放孔明灯，当它飘到很远很远，只剩一个似是而非的小点时，我觉得像极了流萤……

每见它们，总是想起童年的萤火。

想起流萤照亮的草丛和小径，想起那会儿的露天电影，想起父母的手电筒和唤孩子回家的喊声，那时他们比我现在还年轻……

那一刻，我体会到了难以名状的美和疼痛。

我们只剩下荧光灯了？
只剩下霓虹闪烁了吗？

—— 2009 年

02

乡下人哪儿去了

私以为,人间的味道有两种:一是草木味,一是荤腥味。
年代也分两款:乡村品格和城市品格。
乡村的年代,草木味浓郁;城市的年代,荤腥味呛鼻。
心灵也一样,乡村是素馅的,城市是肉馅的。

沈从文叹息:乡下人太少了。
是啊,他们哪儿去了呢?
何谓乡下人?显然非地理之意。说说我儿时的乡下。
上世纪70年代,随父母住在沂蒙山区的一个公社。逢开春,山谷间就荡起"赊小鸡哎赊小鸡"的吆喝声,悠长、飘曳、像歌。所谓赊小鸡,即用先欠后还的方式买新孵的鸡崽。卖家是游贩,挑着担子翻山越岭,你赊多少鸡崽,他都记在小本子上,来年开春他再来时,你用鸡蛋顶账。当时,我脑袋瓜还琢磨,你说,要是欠债人搬了家或死了,或那小本子丢了,咋办?赊小鸡的岂不成冤大头?

多年后我突然明白了,这就是乡下人。

来春见。来春见。

没有弯曲的逻辑,用最简单的约定,做最天真的生意。能省的心思全省了。

如今,恐怕再没有赊小鸡的了。

原本只有乡下人。

城市人——这个新品种不知从哪儿冒了出来。他们擅算术、精谋略,每次打交道,乡下人总吃亏。于是,进城的人越来越多。

山烧成了砖料、劈成了石材,树削成了板块、熬成了纸浆……田野的膘,滚滚往城里走。

城市一天天肥起来,乡村一天天瘪下去,瘦瘦的,像芝麻粒。

城门内的,未必是城市人。

城市人,即高度"市"化、以复杂和厚黑为能、以博弈和争夺见长的人。

20世纪前,虽早早有了城墙,有了集市,但城里人还是乡下人,骨子里仍住着草木味儿。

古商铺,大清早就挂出两面幌子,一曰"童叟无欺",一曰"言不二价"。

一热一冷。我尤喜第二幅的脾气,有点牛,但以货真价实自居。它严厉得让人信任,傲慢得给人以安全感。

如今，大街上到处跌水促销、跳楼甩卖，到处是喜笑颜开的优惠卡、打折券，反让人觉得笑里藏刀、不怀好意。

前者是草木味，后者是荤腥味。

老北京有一酱肉铺子，名"月盛斋"，其"五香酱羊肉"，火了近二百年。它有俩规矩：羊必须是内蒙古草原的上等羊；为保质量，每天仅炖两锅。

某年，张中行去天津，路过杨村，闻一家糕点店有名，兴冲冲赶去，答无卖，为什么？没收上来好大米。先生纳闷，普通米不也成吗，总比歇业强啊？伙计很干脆，不成，祖上有规矩。

我想，这规矩，这死心眼的犟，即"乡下人"的涵义。

重温以上旧事，我闻到了一缕浓烈的草木香。

想想乡下人的绝迹，大概就是这几十年间的事罢。

盛夏之夜，我再也没遇见过萤火虫，也是近些年的事。

它们都哪儿去了呢，露珠一样蒸发了？

北京国子监胡同，开了一家怀旧物件店，叫"失物招领"，名起得真好。

我们远去的草木，失踪的夏夜和萤火，又到哪儿招领呢？

谁捡到了？

我也幻想开间铺子，就叫"寻人启事"。

或许有一天，我正坐在铺子里昏昏欲睡，门帘一挑——

一位乡下人挑着担子走进来。

满筐的嘤嘤鸡崽。

2009 年

03

对动物权利的声援

1

动物保护者常遇这样的挑衅：为何鸡鸭吃得而狗肉吃不得？为何你不只吃草？

我的反应是：鄙视，沉默。

你无法用对手的逻辑去说服对手。你们是精神上的异族。

不在同一个语境，即不在同一个世界。

后来，一个少年向我提了同样问题，我想，必须试着解释，因为他眼神里含着焦虑。

我先说了桩几千年前的事——

孔子的狗死了,托弟子去掩埋,特意嘱咐:"路马死则葬之以帷,狗则葬之以盖……今吾贫无盖,于其封也,与之席,无使其首陷于土也。"大意是:马去世,要用布裹其身,狗下葬,要以车盖罩护,如今我一贫如洗,但请你务必铺一面竹席,以免它的脸被土弄脏。

何以如此庄重地待一条狗?

关乎"礼",关乎"仁",关乎悲悯和答谢,关乎生存伙伴间的义务。

狗之特殊在于:它和人之间有着牢固的眷属性,它是人的影子动物。

一只狗的生命感受、情感构造、智力活动,和一个天真的儿童相仿。正是这种灵性,这种与人的生命串通性,让狗摆脱了简单的实物角色和使用价值,使人对之报以一种审美与亲情态度。对它的称呼,不再是族群统称,而是奖励了一个小儿昵称,它享有个体地位和情感户籍。

诸如猫狗,是分享人类文明最多的动物。分享越多,承载越多,它们一旦被侵害,该承载即被侵害,生命的相似性即受侮辱,人对该动物的家眷情感即遭重创。同时,受损的文明,一定会在人类成员内部寻找牺牲品,许多用于动物的虐杀手段,最终变成了人间酷刑,成了人惩罚人的方式,原因于此。

一德国游客,见中国超市出售活鱼,且当场剖膛掏肚,大惊。原来,人家有严格限定,大到猪牛,小至鱼兔,皆取电击方式,且彼此隔离,不让动物目睹同伴遭遇。所以市场罕见活鱼,即便有,也不直接售出,须由店家处理后方可,既防止虐杀,又避免血腥给人造成的不适。这些细节让我感动,血腥场景、生命挣扎,不仅是一种暴力演示,还是一种视觉污染,它锻造你的铁心肠。

这是文明作出的选择,旨在保护人的心灵环境。

狗的生命地位比人低,法律地位更低,伤害一只狗的代价微乎其微,但它释放出的残忍和冷漠以及对文明的侵略、对心灵的报复,却能量巨大。

当然,只有心性敏细者,才能感受并认同这些。一个灵魂结了冰的人,一个达尔文主义者,会搬出无数逻辑宣扬人的特权,替饕餮辩护。

吃或不吃,非真理之争,非智识之辩,乃纯粹的立场选择。就像信仰即愿意信仰,就像一个成年人爱不爱童话,取决于他的精神体质,取决于他有无心灵宗教。

一个人,在日常事务和社会理性上,不妨是坚定的和平主义者或维权斗士,但这往往只在人类界面上有用,换成大自然界面,很可能露出一副纳粹嘴脸。

这种人,思想上有迷人笑容和整洁牙齿,但心灵深处,长着犬牙。他不咬人,却时刻准备扑向一只和他操不同语言的动物。

2

没有买卖就没有杀害,没有消费即没有虐待。

2012年7月1日,美国加州一项法案正式生效,"禁止以迫害动物的方式生产和销售鹅肝食品",这意味着饕客垂涎的"鹅肝酱"将从当地消失。"鹅肝酱",西餐第一美味,其来路却异常惨烈:以插管给鹅鸭昼夜填食,剥夺其活动空间,使之生出超常十倍的肝脏。每碟"鹅肝酱",都是一部鹅鸭酷刑生涯的缩写。在饲养者眼里,鹅鸭不过是一坨放大镜下的鹅肝,没有生命特征,没有主体性,其肉身只是繁殖肝脏的容器,只是肝脏的配套设施。

"鹅肝酱",它真正的饲养场是人之胃,是人的黑暗欲壑。

人,不是什么事都可以干的。很多时候,欲望自缚,即精神自救。

动物福利的最终收益,是人权收益和道德收益。反之亦然,动物的险境,亦是人的险境。

中国古代刑术,不仅名目繁多,且恐怖诡异、令人惊悚,而其灵感和技术,多源于屠宰间或厨房,源于针对动物肉身的肆意发明和操练。有道名菜,叫"烧鹅掌",将活鹅置于炙板上,铁笼罩住,鹅掌遭烫,鹅边惨叫边急跳,待其掌胀如团扇时割取,蘸佐食之。巧得很,古代酷刑中,恰有"炮烙"一项,同出一辙,只是以人代鹅。

请记住,人和动物存在的所有可能、建立起来的全部关系,迟早都会回到人身上,回到一个人和另一个人之间,回到人际伦理和道德领域,它一点都不浪费。冷漠、狭私、贪婪、野蛮、杀戮,会回来;温情、怜悯、仁慈、慷慨、体恤,也会回来。

3

为支持"人"这一物种活得滋润,大自然尤其是生物界已倾其所有,牺牲了大部分成员,人类应懂得感恩和节俭,以"礼"和"孝"的态度回报大自然。所谓"生存共同体",并非仅在人与人之间缔结,而应在人类与万物之间展开。一个文明族群,不仅要筹划同胞的尊严和福祉,还应学会体恤,让利于异类生命,否则,人类取得的所有道德成就,都变得鬼鬼祟祟、形迹可疑。

有一类生命,最值得人感恩并心存愧疚——"实验动物"。

从解剖学诞生起，它们即用自己廉价的命运改善着人的命运，用无数的非正常死亡延缓着人的死亡。尤其是生物医学和药品研发，作为"活的试剂"，作为人的替身，它们以盾牌的方式承揽了科研所需的各种"后果"。

人类欠它们的，永远还不清。但要努力偿还，哪怕一寸一厘。

一位业界朋友说，国内动物实验论文常遭国际期刊拒绝，因为对方要求出具动物福利报告，比如一只老鼠，你要用它做实验，必须保证其生活环境、饲养程序、情绪状态，乃至死亡方式和身后事，都要合乎福利标准。简言之，你要保证它生前幸福和死后哀荣。而这些，往往是我们做不到或不屑做的。

在西方，动物福利已大面积覆盖社会生活，比如影视拍摄，动物演员的安全和劳动强度要保障，哪怕一只蟑螂，亦须毫发无损，若有被伤害镜头，须注明这是仿真或特技。早在1980年，美国影视界即授权一个叫人道协会的民间组织，专门监督此事，美剧末尾常见一行字——"本片制作中无动物受伤害"，下此评语的，正是美国人道协会。

以人道眼光看待动物，不为别的，因为它也是一条命，也有神经和心跳，也知饥饱冷暖，也有生育、哺乳和母爱……若过分强调彼此异质和不可比，要么是双目失明，要么是人性撒谎。同样的生理逻辑，即有同样的苦乐感知。

弱肉强食，乃生存定律，但人不仅有生存，还有生活，他过着一种叫"人生"的日子。当弱肉强食变得有条件、有节制、有自律时，文明才显形。

此即住山洞与住房舍的区别。

4

在价值观上,"环境伦理"是孕育"动物权利"的子宫,她是比人际伦理更大格局的道德成就,也是比环境科学更高范畴的理性成就。

她以最辽阔的方式定义了"生存共同体",重新广播了"人类责任",除了科学和实用逻辑,还输入了生命美学、心灵哲学和宗教神性。她不仅计算物质成果,还考虑精神收成。

在"人类中心论"者眼里,万物皆役于我,一切乃资源和使用价值,重要与否,视用途大小。传统的环保理念,并未跳出该窠臼,依据仍是人本位和自保原则,只不过多了一腔忧患和悲天悯人。"动物权利",则拆了这道围墙,其精神起点,并非自我牺牲和单向度的善,而在于承认动物的自然权利和物种平等。它的全部奥秘在于:人类通过割让利益、克制欲望,精神上变得更廉洁、更有尊严和懂得自我器重,进而滋补了人与人的关系,把境界升至一个新高度。人,是该契约的真正受惠者和被营养体。

借助对另类的态度,以修缮对同胞的态度,这绝非减法和亏损,而是加法,是精神上的进项。如果说这是利己,则是伟大的利己和美德上的自我贿赂。

但常会发生这样的事:人被自己的行为犒赏了、反哺了,他却蒙在鼓里,只当自己是个光荣的施主,是个甘愿吃亏的慈善家,是个菩萨心肠的柔情人士。

利益委屈和自我牺牲情结,往往是道德隐蔽的敌人。这也是学雷锋行为和圣徒自然行为的区别。

有一种人,对世间的贡献即其生活本身。那是一种修士般的、聚精会神、每分钟都在自我完善的生活。他改变不了太多事实,却在精神上提升着"人"的定义和灵魂成就。

诺贝尔和平奖得主史怀哲医生,其美德不仅在于人道主义,还在于将人道主义引向所有的生命体:

> 除非你能拥抱并接纳所有生物,而不只将爱心局限于人类,不然你并不真的有怜悯之心。

> 伦理不仅与人,也与动物有关。动物和人一样渴求幸福、承受痛苦和畏惧死亡,若我们只是关心人与人的关系,那我们即不会真正文明起来,重要的是重视人与所有生命的关系。

他不是斗争意义上的英雄,是和平意义上的英雄,是医生和护士意义上的英雄。

5

一只麻雀被曙光惊醒,向着未来的食物起飞。
一队蚂蚁扛着行李,抢在暴雨之前匆匆搬家。
一个婴儿啼哭的同时,一只雏鹰拱出了蛋壳。
每个生命都有自在的意义和进程,都有它分分秒秒的愿望,都有和人生一样的故事和戏剧性,若我们无视或歧视该意义,否决这些故事的尊严,任意染指它、篡改它,那人类的意义又由谁来指认呢?

若万物意义皆失,只剩人类自己的意义,那这意义无论怎么描绘,都像一桩阴谋和丑闻。

事实上，已没什么别的生命形式妨碍人类事务了，唯一对手，即自身欲望。

人类，有些财产是不合天意的，其体重和行李太庞大。

人类应重新核对并部分割让，以削减精神的脂肪和欲望的臃肿。

在别的生物眼里，人的角色肯定是"敌人"，因为他从事了超越正常成员的掠取，其资源范围远远超越了食物，他洗劫了其他生物的配置，消耗了大自然太多库存。可憎的是，人类不仅是敌人，还是恶人，其很多活动是不良的，属于恶性毁坏和糟蹋，动摇了大自然的根基。

或许，人类的前途应该是：只当有限的"敌人"，不当"恶人"。

敌人，是生物角色。恶人，是道德角色。

2012 年

04

每个故乡都在消逝

我要还家,我要转回故乡。
我要在故乡的天空下,沉默寡言或大声谈吐。

——海子

1

先讲个笑话。

一人号啕大哭,问究竟,答:把钱借给一个朋友,谁知他拿去整容了。

在《城市的世界》中,作者安东尼·奥罗姆说了一件事:帕特丽夏和儿时的邻居惊闻老房子即将拆除,立即动身,千里迢迢去看一眼曾生活的地方。他感叹道,"对我们这些局外人而言,那房子不过一种有形的物体罢了,但对于他们,却是人生的一部分。"

这样的心急,这样的驰往和刻不容缓,我深有体会。

现代拆迁的效率太可怕了,灰飞烟灭就在一夜之间。来不及探亲,来不及告别,来不及救出一件遗物。对一位孝子来说,不能送终的遗憾,会让他失声痛哭。

2006年,在做唐山大地震三十年纪念节目时,我看到一位母亲动情地向儿子描述:"地震前,唐山非常美,老矿务局辖区有花园,有洋房,最漂亮的是铁菩萨山下的交际处……工人文化宫里可真美啊,有座露天舞台,还有古典欧式的花墙,爬满了青藤……开滦矿务局有带跳台的游泳池,有个带落地窗的漂亮大舞厅……"

大地震的可怕在于,它将生活连根拔起,摧毁着物象和视觉记忆的全部基础。做那组电视节目时,竟连一幅旧城容颜的图片都难觅。

1976年后,新一代唐山人对故乡几乎完全失忆。几年前,一位美国摄影家把1972年偶经此地时拍摄的照片送来展出。全唐山沸腾了,睹物思情,许多老人泣不成声。因为丧失了家的原址,三十年来,百万唐山人虽同有一个祭日,却无私人意义的祭奠地点。对亡灵的召唤,一直是十字路口一堆堆凌乱的纸灰。

一代人的祭日,一代人的乡愁。

比地震更可怕的,是一场叫"现代化改造"的人工手术。一次城市研讨会上,有建设部官员忿忿地说:中国,正变成由一千个雷同城市组成的国家。

如果说在这个世界上,每个人都只能指认和珍藏一个故乡,且故乡信息又是各自独立、不可混淆的,那么,面对千篇一律、形同神似的一千个城市，我们还有使用"故乡"一词的勇气和依据吗？我们还有抒情的可能和心灵基础吗？

是的，一千座镜像被打碎了，碾成粉，又从同一副模具里脱胎出来，此即"日新月异"、"翻天覆地"下的中国城市新族。它们不再是一个个、一座座，而是身穿统一制服的克隆军团，是一个时代的集体分泌物。

每个故乡都在沦陷，每个故乡都因整容而毁容。

读过昆明诗人于坚一篇访谈，印象颇深。于坚是个热爱故乡的人，曾用很多美文描绘身边的风物。但十年后，他叹息："一个焕然一新的故乡，令我的写作就像一种谎言。"

是的，"90后"一代肯定认为于坚在撒谎、在梦呓。因为他说的内容，现实视野中根本没有对应物。该文还引了他朋友的议论："周雷说，'如果一个人突然在解放后失忆，再在今年醒来，他不可能找到家，无论他出生在昆明哪个角落。'杜览争辩道，'不可能，15年前失忆，现在肯定都找不到。'"

这不仅是诗人的尴尬，而且是时代所有人的遭遇。相对而言，昆明的被篡改程度还算轻的。

2

"故乡"，不仅仅是地址和空间，它是有容颜和记忆能量、有年轮和光阴故事的。它需要视觉凭证，需要岁月依据，需要细节支撑，哪怕蛛丝马迹，哪怕一井一石一树……否则，一个游子何以与眼前的景象相认？何以肯定此即梦牵魂绕的旧影？此即替自己收藏童年、见证青春的地方？

当眼前事物与记忆完全不符，当往事的青苔被抹干净，当没有一样东西提醒你曾与之耳鬓厮磨、朝夕相处……它还能让你激动吗？还有人生地点的意义吗？

那不过是个供地图使用、供言谈消费的地址而已。就像北京的公交车站名，你若以为它们都代表"地点"并试图消费其实体，即大错特错了："公主坟"其实无坟，"九棵树"其实无树，"苹果园"其实无园，"隆福寺"其实无寺……

"地址"或许和"地点"重合，比如"前门大街"，但它本身不等于地点，只象征方位、坐标和地理路线。而地点是个生活空间，是个有根、有物象、有丰富内涵的信息体，它繁殖记忆与情感，承载着人生活动和岁月内容。比如你说"什刹海"、"南锣鼓巷"、"鲁迅故居"，即活生生的地点，去了便会收获你想要的东西。再比如传说中的"香格里拉"，即是个被精神命名的地点，而非地址——即使你永远无法抵达，只能诗意消费，也不影响其存在和意义。

地址是死的，地点是活的。地址仅仅被用以指示与寻找，地点则用来生活和体验。

安东尼·奥罗姆是美国社会学家，他有个重大发现：现代城市太偏爱"空间"，却漠视"地点"。在他看来，地点是个正在消失的概念，但它担负着"定义我们生存状态"的使命。"地点是人类活动最重要、最基本的发生地。没有地点，人类就不存在"。

其实，"故乡"的全部含义，都将落实在"地点"和它养育的内容上。简言之，"故乡"的文化任务，即演示"一方水土一方人"之逻辑，即探究一个人的身世和成长，即追溯他那些重要的生命特征和精神基因之来源、之出处。若抛开此任务，"故乡"将虚脱成一记空词、一朵谎花。

当一位长辈说自个儿是北京人时,脑海里浮动的一定是由老胡同、四合院、五月槐花、前门吆喝、六必居酱菜、月盛斋羊肉、小肠陈卤煮、王致和臭豆腐……组合成的整套记忆。或者说,是京城喂养出的那套热气腾腾的生活体系和价值观。而今天,当一个青年自称北京人时,他指的一定是户籍和身份证,联想的也不外乎"房屋"、"产权"、"住址"等信息。

前者在深情地表白故乡和土壤,把身世和生涯溶化在了"北京"这一地点里。后者声称的乃制度身份、法定资格和证书持有权,不含感情元素和精神成分。

3

让奥罗姆生气的是他的祖国,其实,"注重空间、漠视地点"的生存路线,在当下中国演绎得更赤裸露骨、如火如荼。

"空间"的本能是膨胀和扩张,它有喜新厌旧的倾向;"地点"的秉性是沉静和忠诚,无形中它支持保守与稳定。二者的遭遇折现在城市变迁中,即城区以大为能、建筑以新为尚,而熟悉的地点和传统街区,正承受垃圾的命运。其实,任何更新太快和丧失边界的事物,都是可怕的,都有失去本位的危险,都是对"地点"的伤害。像今天的北京、上海、广州,一个人再把它唤为"故乡",恐怕已有启齿之羞——

一方面,大城欲望制造的无边无际,使得任何人都只能消费其极小一部分,没人能再从整体上把握和介入它,没人再能如数家珍地描述和盘点它,没人再能成为名副其实的"老人"。

另一方面,由于它极不稳定,容颜时时变换,布局任意涂改,无相对牢固和永久的元素供人体味，一切皆暂时、偶然，沉淀不下故事——于是你记不住它，产生不了依赖和深厚情怀。总之，它不再承载光阴的纪念性，不再对你的成长记忆负责，不再有记录你身世的功能。

面对无限放大和变奏、一刻也不消停的城市，谁还敢自称其主？

所有人皆为过客，皆为陌生人，你的印象跟不上它的整容。而它的"旧主"们，更成了易迷路的"新人"，在北京，许多生于斯、长于斯的长者，如今很少远离自己的那条街，为什么？怕回不了家！如此无常的城市里，人和地点间已失去了最基本的约定。同一位置，每年、每月、每周看到的事物都闪烁不定，偶尔，你甚至不如一个刚进入它的人了解其某一部位的现状。有一回，我说广内大街有家馆子不错，那个在京开会的朋友摇摇头，甭去了，拆了。我说怎么会呢？上月我还去过啊。朋友笑道，昨天刚好从那儿过，整条街都拆了。我叹息，那可是条古意十足的老街啊。

吹灯拔蜡的扫荡芟除，无边无际的大城宏图，千篇一律的整容模板……

无数"地点"在失守，被更弦易帜。

无数"故乡"在沦陷，被连根拔起。

何止城池，中国的乡村也在沦陷，且以更惊人的速度坠落。因为它更弱，更没有重心和屏障，更乏自持力和防护性，乃至成了城市生活的下游和垃圾桶。我甚至怀疑：中国还有真正的乡村和乡村精神吗？

央视所谓"魅力小镇"的评选，不过是一台走秀，是在给"遗墟"颁奖。那些古村名镇，只是没来得及脱掉旗袍、马褂，里头早已是现代内衣或空空荡荡。在它们身上，我丝毫没觉出"小镇"该有的灵魂、脚步和炊烟——那种与城市截然不同的生活美学和心灵秩序。

天下小镇,都在演出,都在伪装。

真正的乡村精神——那种骨子里的安详和宁静,是装不出来的。

4

"我回到故乡即胜利。"自然之子叶赛宁如是说。

沈从文也说:"一个士兵要么战死沙场,要么回到故乡。"

他们算是幸运,那个时代,故乡是不死的。至少尚无征兆和迹象,让游子担心故乡会死。

是的,丧钟响了。是告别的时候了。

每个人都应赶紧回故乡看看,赶在它整容、毁容或下葬之前。

当然还有个选择:永远不回故乡,不去目睹它的死。

我后悔了。我去晚了。我不该去。

由于没在祖籍生活过,多年来,我一直把上世纪70年代随父母流落的小村子视为故乡。那天梳理旧物,竟翻出一本自己的初中作文,开篇叫《回忆我的童年》——

> 我的童年是在乡下度过的。那是一个群山环抱、山清水秀的村庄,有哗哗的小溪,神秘的山洞,漫山遍野的金银花……傍晚时分,往芦苇荡里扔一块石头,扑棱棱,会惊起几百只大雁和野鸭……盛夏降临,那是我最快乐的季节。踩着火辣辣的沙地,顶着荷叶跑向水的乐园。村北有一道宽宽的水坡,像一张床,长满了碧绿的青苔,坡下是一汪深潭,水中趴着圆圆巨石,滑滑的,像一只只大乌龟露出的背,是天然的游泳池……

坦率说，这些描写一点儿没掺假。多年后，我遇到一位美术系教授，他告诉我，三十年前，他多次带学生去胶东半岛和沂蒙山区写生，还路过这个村子。真的美啊，他一口咬定。其实不仅它，按美学标准，那个年代的村子皆可入画，皆配得上陶渊明的那首"暧暧远人村，依依墟里烟。狗吠深巷中，鸡鸣桑树颠"。

几年前，金银花开的仲夏，我带夫人去看它，亦是我三十年来首次踏上它。

一路上，我不停地描绘她将要看到的一切，讲得她目眩神迷，我也沉浸在"儿童相见不相识，笑问客从何处来"的想象与感动中。可随着刹车声，我大惊失色，全不见了，全不见了，找不到那条河、那片苇塘，找不到虾戏鱼溅的水陂，找不到那一群群"龟背"……代之的是采石场，是冒烟的砖窑，还有路边歪斜的广告：欢迎来到大理石之乡。

和于坚一样，我成了说谎者，吹嘘者，幻觉症病人。

5

没有故乡，没有身世，人何以确认自己是谁，属于谁？

没有地点，没有路标，人如何称自己从哪里来，到哪里去？

这个时代，不变的东西太少了，慢的东西太少了，我们头也不回地疾行，而身后的脚印、村庄、影子，早已无踪。

我们唱了一路的歌，却发现无词无曲。

我们走了很远很远，却忘了为何出发。

2009 年

05

消逝的"放学路上"

1

"小呀小儿郎,背着书包上学堂。不怕太阳晒,也不怕那风雨狂;只怕先生说我懒呀,没有学问我无脸见爹娘。"三十年前的儿歌倏然苏醒,在我经过一所小学的时候。下午4点半,方才还空荡荡的小街,像迅速充胀的救生圈,被各式私车和眼巴巴的家长塞满了。

开闸了,小人儿鱼贯而出,大人们蜂拥而上。一瞬间,无数的昵称像蝉鸣般绽放,在空中结成一团热云。这个激动人心的场面,只能用"失物招领"来形容。

就在这时，那首歌突然跃出了记忆，一字不差。

我觉得像被什么拍了一下肩，它就在耳畔奏响了。

这首叫《读书郎》的儿歌，陪伴了我整个童年和红领巾季节。那会儿，它几乎是我每天上学路上的喉咙伴奏，或叫脑海音乐罢。偏爱有个理由：它不像其他歌那么"正"，念书不是为"四个现代化"或"革命接班人"，而是"先生"和"爹娘"……我觉得新鲜，莫名的亲切。哼唱时，我觉得自己就是歌里的小儿郎。甚至想，要是老师变成"先生"该多好啊。好在哪儿，不知道。

那个黄昏，当它突然奏响时，我感觉后背爬上了一只书包，情不自禁，竟有股想蹦蹦跳跳的念头……

从前，上学或放学路上的孩子，就是一群没纪律的麻雀。

无人护驾，无人押送，叽叽喳喳，兴高采烈，玩透了、玩饿了再回家。

回头想，童年最大的快乐就是在路上，尤其是放学路上。

那是三教九流、七行八作、形形色色、千奇百怪的大戏台，那是面孔、语言、腔调、扮相、故事的孵化器，那是一个孩子独闯世界的第一步，乃其精神发育的露天课堂、人生历练的风雨操场……我孩提时代几乎所有的趣人趣事趣闻，都是在放学路上邂逅的。那是个最值得想象和期待的空间，每天充满新奇与陌生，充满未知的可能性。我作文里那些真实或瞎编的"一件有意义的事"，皆上演在其中。它的每一条巷子和拐角、每一只流浪狗和墙头猫，那烧饼铺、裁缝店、竹器行、小磨坊，那打锡壶的小炉灶、卖冰糖葫芦的吆喝、爆米花的香味、弹棉弓的铮铮响，还有谁家出墙的杏子最甜、谁家树上新筑了鸟窝……都会在某一时分与我发生联系。

对成长来说,这是最肥沃的土壤。

很难想象,若抽掉"放学路上"这个页码,童年还剩下什么呢?于我而言,啥都没了,连日记都不会写了。

那个黄昏,我突然替眼前的孩子惋惜——他们不会再有"放学路上"了。

他们被装进一只只豪华笼子,直接运回了家,像贵重行李。

2

为何会丢失"放学路上"呢?

我以为,除城市膨胀让路程变遥远,为脚力所不及,更重要的是"路途"变了,此路已非彼路。具体说,即"传统街区"的消逝——那温暖有趣的沿途,那细节充沛、滋养脚步的空间,消逝了。

何谓传统街区?它是怎样的情形呢?

"城市应是孩子嬉戏玩耍的小街,是拐角处开到半夜的点心店,是列成一排的锁匠鞋匠,是二楼窗口探出头凝视远方的白发老奶奶……街道要短,要很容易出现拐角。"这是简·雅各布斯在《美国大城市的死与生》中的话,我以为是对传统街区最传神的描述。

这样的街区生趣盎然、信息肥沃、故事量大,能为童年生长提供最充分的乐趣、最周到的服务和养分,而且它是安全的,让家长和教育者放心。为何现在待在保险箱里的儿童,其事故风险却高于自由放养的年代?雅各布斯在这部伟大的书里,回忆了多年前的一个下午——

从二楼的窗户望去,街上正发生的一幕引起了她的注意:一个男人试图让一个八九岁的小女孩跟自己走,他一边极力哄劝,一边装出凶恶的样子;小女孩靠在墙上,很固执,就像孩子抵抗时的那种模样……我心里正盘算着如何干预,但很快发现没必要。从肉店里出来一位妇女,站在离男人不远的地方,叉着胳膊,脸上露出坚定的神色。同时,旁边店里的科尔纳基亚和女婿也走了出来,稳稳地站在另一边……锁匠、水果店主、洗衣店老板都出来了。楼上很多窗户也打开了。男人并未留意到这些,但他已被包围了,没人会让他把小女孩弄走……结果,大家感到很抱歉,小女孩是那个男人的女儿。

这就是老街的能量和涵义,这就是它的神奇和美感。

在表面的松散与杂乱之下,它有一种无形的篦梳秩序和维护系统。凭借它,生活是温情、安定和慈祥的。它并不过多地搜索别人的隐私,但当疑点和危机出现时,所有的眼睛都倏然睁开,所有的脚步都会及时赶到。

其实,这很像中国人的一个词,一个生态关键词:"街坊"。

这样的背景下,一个孩子独自上学或放学,需要被忧虑吗?

自由,源于安全与信赖。若整个社区都给人以"家"的亲切和熟悉,那一个孩子,无论怎样穿梭和游走,结果都是快乐地、收获颇丰地回到家里。而路上所有的插曲,包括招致挨骂的那些顽皮、冒险和出格,都是世界给他的礼物,都是对成长的奖励和爱抚。

在雅各布斯看来,城市人彼此之间最深刻的关系,"莫过于共享一个地理位置"。她反对仅把公共设施和住房作为衡量生活的指标,认为一个理想社区应丰富人与人间的交流、促进公共关系的繁育,而非把生活一块块切开,以"独立"和"私人"的名义将其封闭化、决裂化。

这个视角,对人类有着重大的精神意义。顺着她的思路往下走,你很快即发现:我们通常讲的"家园"、"故乡"——这些饱含体温与感情的地点词汇,其全部基础皆在于某种良好的人际关系、熟悉的街区内容、有安全感的共同生活……所谓"家园",并非一个单纯的物理空间,而是一个和地点联手的精神概念,代表一群人对生活属地的集体认同和相互依赖。

单纯的个体是没有"故乡"的,单纯的门户是无"家"可言的。

就像水,孤独的一滴构不成"水"之含义,它只能叫"液体"。

3

我越来越觉得如今的孩子——尤其是大城市的孩子,正面临一个危险:失去"家"、"故乡"这些精神地点。

有位朋友,儿子6岁时搬了次家,10岁时又搬了次家,原因很简单,又购置了更大的房子。我问,儿子还记不记得从前的家?带他回去过吗?他主动要求过吗?没有,朋友摇头,他就像住宾馆一样,哪儿都行,既不恋旧,也不喜新……我明白了,在"家"的转移上,孩子无动于衷,感情上没有缠绵,无须仪式和交接。

想不想从前的小朋友?我问。不想,哪儿都有小朋友,哪儿小朋友都一样。或许在儿子眼里,小朋友是种"现象",一种"配套设施",一种日光下随你移动的影子,不记名的影子,而不是一个谁,又一个谁……朋友尴尬地说。

我无语了。这是没有"发小"的一代,没有老街生活的一代,没有街坊和故园的一代。他们会不停地搬,但不是"搬家"。"搬家"意味着记忆和情感地点的移动,意味着朋友的告别和人群的刷新,而他们,只是随着父母财富的变化,从一个物理空间转到另一个物理空间。城市是个巨大的商品,住宅也是个商品,都是物,只是物,孩子只是骑在这头"物"上飞来飞去。

我问过一位初中语文老师,她说,现在的作文题很少再涉及"故乡",因为孩子会茫然,不知所措。

是啊,你能把偌大的北京当故乡吗?你能把朝阳、海淀或某个商品房小区当故乡吗?你会发现根本不熟悉它,从未在这个地点发生过深刻的感情和行为,也从未和该地点的人有过重要的精神联系。

是啊,故乡不是一个地址,不是写在信封和邮件上的那种。故乡是一部生活史,一部留有体温、指纹、足迹——由旧物、细节、各种难忘的人和事构成的生活档案。

还是上面那位朋友,我曾提议:为何不搞个聚会,让儿子和从前同院的伙伴们重逢一次,合个影什么的?这对孩子的成长有帮助,能让一个孩子从变化了的对方身上觉察到自己的成长……朋友怔了怔,羞涩地笑笑:其实儿子只熟悉隔壁的孩子,同楼的都认不全,偶尔,他会想起某只丢失或弄坏的玩具,很少和人有关。他的快乐是游戏机、动画片、成堆的玩具给的。该我自嘲了,一个多么不恰当的浪漫!

这个时代有一种切割的力量,它把生活切成一个个的单间:成人和宠物在一起,孩子和玩具在一起。我曾在一小区租住了四年,天天穿行其中,却对它一无所知。搬离的那天,我有一点失落,我很想去和谁道一声别,说点什么,却想不出那人是谁。

4

那天,忽收一条短信:"王开岭,你妈妈叫你回家吃饭。"

我愣了,以为是恶作剧。可很快,我对它亲热起来。三十年前,类似的唤声曾无数次在一个个傍晚响起,飘过一条条小巷,飘进我东躲西藏的耳朵里。

传统老街上,一个贪玩的孩子每天都会遭遇这样的"通缉",除了家长的嗓门,街坊邻居和小伙伴也会帮着喊。

感动之余,我把这条短信的主语换成朋友们的名字,发了出去。当然,我只选了同龄人,有过老街童年的一代。

后来,才知这短信源于一起著名的网络事件。某天,有人发了个帖子:"贾君鹏,你妈妈叫你回家吃饭。"短短几日,跟帖竟高达几十万,大家纷纷以各自的腔调催促这个不听话的孩子快回家,别让妈妈等急了,别让饭菜凉了,别挨一顿骂或一顿揍。

声嘶力竭之际,有人揭穿了谜底。这个响彻神州的伟大名字竟是虚拟的,乃某网站精心策划。我一点不沮丧,甚至感动于阴谋者的细致情怀。

一个贾君鹏沉默,千万个贾君鹏应声。

我们都竖起耳朵,聆听从远处飘来的蒲公英般的声音……

某某某,你妈妈叫你回家吃饭。

我暗暗为自己的童年庆幸。如果说贾君鹏的一代尚可叫露天童年、旷野童年、老街童年,那如今的孩子,则是温室童年、园林童年、玩具童年了。

面对现代街区和路途,父母不敢再把孩子轻易交出去了,不允许童年有任何闪失。

就像风筝,从天空撤下,把绳剪掉,挂在墙上。

再不用担心被风吹跑,被树挂住了。翅膀,就此成为传说和纪念。

或许,你再也看不到这样的情景了——

一群像风筝一样在街上晃荡的孩子。

5

我终于想起来了,《读书郎》的词、曲,作者乃同一人。

宋扬,湖北人。此歌生于 1944 年。

— 2009 年

06

古典之殇

1

今人不见古时月,今月曾照古时人。

然而,多少古人有过的,在今天的视野中却杳然了。

比如古诗词中的盛大雪况:"隔牖风惊竹,开门雪满山"、"夜深知雪重,时闻折竹声"……吾等之辈,虽未历沧海桑田,但一夜忽至的"千树万树梨花开",还是亲历过的。满嘴冰淇淋的现代孩子,谁堆过雪人?谁滚过雪球?令之捧着课本吟诵"燕山雪花大如席",他们会不会牙疼呢?

没有雪的冬天，还配得上叫"冬"吗？

流逝者又何止雪？在新辈人眼里，不知所云的"古典"比比皆是——

立于黄河枯床上，除了唇干舌燥，除了满目的干涸与皲裂，你纵有天才想象，又如何模拟出"黄河之水天上来"的磅礴？谁还能托起李太白心中的汪洋与豪迈？除了疑心古人夸饰矫伪、信口开河，还会作何想呢？

今天的少年真够不幸的。父辈把祖先的文学遗产交其手上，却没法把诞生那些佳句的空间和现场一并予之，当孩子动情地吟哦时，还能找到多少与之相配的物境和诗意？如果说，今日中年人，还能使出吃奶的劲去想象一把"落霞与孤鹜齐飞，秋水共长天一色"（毕竟其孩提时，大自然尚存一点原汁，他还有残剩的经验可依），那其儿女们，连这点怀旧的资本都没了，连遐想的云梯都搭不起，连残羹都讨不上了。

或许不久后，这般猜测古文课的尴尬亦不为过——

一边是秃山童岭、雀兽绝迹，一边是"两个黄鹂鸣翠柳，一行白鹭上青天"的书声琅琅；一边是泉涸池干、枯禾赤野，一边是"西塞山前白鹭飞，桃花流水鳜鱼肥"的遍遍抄写；一边是霾尘浊日、黄沙漫漶，一边是"山光悦鸟性，潭影空人心"的诗情画意……这是何等遥远之追想，何等费力之翘望啊。明明"现场"荡然无存，现实空间中全无对应物，却要少年人硬硬地抒情和陶醉，这岂非无中生有、画饼充饥？这不荒唐、不悲怆么？

古典场景的缺席，不仅意味着风物之夭折，更意味着众多美学信息与精神资源的流逝。不久，对原版大自然丧失想象力的孩子，将对古籍中那些伟大的美学华章和人文体验——彻底不明就里，如坠雾中。

2

温习一下这随手撷来的句子吧:"水光潋滟晴方好,山色空蒙雨亦奇"、"谢公宿处今尚在,渌水荡漾清猿啼"……

那样的户外,那样的四季——若荷尔德林之"诗意栖息"成立的话,至少这天地洁净乃必须罢。可,它们今天在哪儿呢?那"人行明镜中,鸟度屏风里"的天光明澈,那"长安一片月,万户捣衣声"的皎夜寂静……今安在?

从审美资源上讲,古代要比当今富饶得多,朴素而优雅得多。地球自35亿年前诞现生命以来,约有五亿种生物栖居过,今多已绝迹。在地质时代,物种的自然消亡极缓——鸟类平均三百年一种,兽类平均八千年一种。如今呢?联合国环境规划署推测说:上世纪末,每分钟至少一种植物灭绝,每天至少一种动物灭绝。这是高于自然速率上千倍的"工业速度",屠杀速度!

多少珍贵的动植物永远地沦为了标本?多少生态活页从视野中被硬硬撕掉?多少诗词风光如《广陵散》般成了遥远的绝唱?

"蒹葭苍苍,白露为霜"、"呦呦鹿鸣,食野之苹"、"关关雎鸠,在河之洲"、"河水清且涟漪"……每每抚摸这些《诗经》中的句子,除了对美的隐隐动容,内心总有一股冰凉的战栗和疼痛。因为这份荡人心魄的上古风情,已无法再走出纸张——永远!人类生活史上最纯真的童年风景、人与自然最相爱的蜜月时光,已挥兹远去。或者说,她已遇难。

由于丧失"现场",人类正在丧失经典,丧失重温和体验她的能力。我们只能像眺望"月桂娥影"一样待之,却不再真的拥有。

阅读竟成了挽歌，竟成了永诀和追悼，难道不该放声痛哭吗？

3

语文课本中的诸多游记，无论赏三峡、登黄山，还是临赤壁、游褒禅，及徐霞客的足迹……除了传递水墨画般的自然意绪，更有着"遗址"的凭吊含义，更有"黄鹤杳去"的祭奠意味。我们在对之阐释时，难道只会停留在汉语字解上？（比如"蒹葭"、"雎鸠"，除了"某植物"、"某水鸟"，再也领略不出别的了）除了挖掘莫须有的政治伦理，就不为大自然的鬼斧神工油然而生敬畏和感激？除了匆匆草草的娱情悦性，就涤荡不出"挥别"的忧愤来？

我想建议老师：为何不问问孩子，那些美丽的"雎鸠"、"鹿鸣"哪儿去了？何以再不见它们的身影？甚至促之去想：假若诗人来到当代，他又会有何遇？作何感？发何吟？难道，这不会在孩子心里掀起一场精神风暴吗？

或许有人忍不住了：社会总得变迁吧？古老元素难免在光阴中遗失啊。

是，失乃必然，但失的速度和规模是否太惊人？变之方向、节奏和进程是否合情合理？

远的毋论，且说朱自清的《荷塘月色》吧。今天的清华学子，谁重温过1927年的那场夜游呢？即使荷塘犹存，不乏"田田的叶子"，但"树上的蝉声与水里的蛙声"呢？如今京城，连一处泥土都难觅了，地面早已被水泥、沥青砌死，一丝气孔不留，无穴可居，无枝可栖，何来蝉声？还有，若想月色"如梵婀玲上奏着的名曲"，若想"叶子和花仿佛在牛乳中洗过一样"，那养耳的寂静、养眼的清疏，在市声鼎沸的不夜城里,何以寻得?

4

每一词语本身,无不包藏着生态、民俗、历史、美学和社会学信息。那"蒹葭"、"涟漪"、"鹿鸣"、"雎鸠"、"猿啼"……不仅代表草木或动物,更指向一种生存文化和栖息美学,也是一部人间记忆。它让今人在阅读"自然圣经"的同时,更对眼下境遇和空间有一种检验、校对和反思。韩少功有本社会符号学意义的小说——《马桥词典》,其试图通过对方言俚语的搜集与解读,为一个地域的文化流逝建一座纪念碑。在某种意义上,古典文学也为后人矗起了一座纪念碑,是丰碑,更是殇碑。一座冰冷的刻有灭绝名单的青苔之碑,沧桑之碑。

1912年4月的一天,在纽约自然历史博物馆,75岁的作家约翰·巴勒斯向孩子们说:"每逢参观博物馆,我即有一种参加葬礼的感觉……一只被打死的鸟,已不再是一只鸟了……当自然被移动了两次之后,便毫无价值。只有你伸手触及的自然才是真正的自然。"

我不知道我们的孩子能不能听到这样的声音,能不能遇到巴勒斯这样的讲解员。

我不知道老师们在领读"飞流直下三千尺,疑是银河落九天"、"青山横北郭,白水绕东城"之时,有没有升起一股隐痛?并把它悄悄传递给台下的孩子?如果有,如果能把这粒"痛"埋进孩子心里,我要替教育感到庆幸,要为这位老师鼓掌——感谢他为孩子接种了一支珍贵的"精神疫苗"!在未来,这粒小小的"痛"会生出郁郁葱葱的良知……

谁拥有孩子,谁就拥有未来。

我相信，携带这支疫苗的孩子，多少年后，当面对一片将被伐倒的森林、一条将被铲平的古街时，至少会有一丝心痛和迟疑吧？这就有救了，最终阻止粗鲁和野蛮的，或许正是那迟疑。而它的源头，或许正是当年的某一堂课。

5

其实，何止语文，地理、音乐、美术、生物、历史、哲学……哪个不包含丰饶的自然信息和生命审美？哪个不蕴藏着比词条、年代、人名、因果、正反……更辽阔的人文资源和精神风光？关键看有无感受到它们，能否深情地领略并分享它们。

若连最初级的课堂都无法帮孩子立起"敬仰自然"、"尊重生灵"、"万物和平"的精神路标，当他们进入成人序列后，那些坚硬的环保口号又有何用呢？影响一个人终生价值观的，一定是童年的记忆和知觉——那些最早感动过其心灵的生命细节！

遗憾的是，我们的教育大多停留在了逻辑说教和结论灌输上，而在最重要的"审美"和"信仰"方面——做得远远不够。我们的教育太实用，太缺乏审美习惯和信仰热量了……所以，当被"广州餐桌日均'吃猫'一万只"的新闻惊得目瞪口呆时，我突然想：这些食客也曾是孩子，也曾是学生，可谁告诉过他们人不是什么都可以吃的呢？

看过两则报道，皆和树有关——

一个叫朱丽娅·希尔的少女，为保护北美一株巨大的被称为"月亮"的红杉树，从1997年12月10日起，在树上栖居了738天，直到树的所有者——太平洋木材公司承诺不砍伐它。

在瑞典的语文课本和旅游手册中，皆可见这样一件事：1971年，斯德哥尔摩，当市政铲车朝古树参天的"国王花园"逼近时，一群年轻人站了出来，他们高喊"拯救斯德哥尔摩"的口号，用身体当盾牌，挡在那些美丽的大树前……终于，政府作出让步，地铁站绕道而行。多么幸运的树！而它们，也给新一代瑞典人撑起了盛大的精神荫凉。几十年来，那些护树的青年，一直被瑞典民众视为英雄。

读这些故事，我被深深打动。多么充满童话色彩的心灵啊，其力量源于健康的生命知觉，源于天然的性灵和秉质。他们保卫的不仅仅是树，更是生活和生活的美学理想。我相信，这些勇敢的举动，一定与其童年启蒙有关，与早年关于树的种种童话和生命情结有关——正是那些印象刺激并召唤着他，使之奋不顾身地去行动。

十年树木，百年树人。我们的教育何以"树"不出这样的青年呢？

像树一样，郁郁葱葱、根深叶茂的人。

— 2002 年

07

丢失的脚步

> 这样的城市非常乏味,它显示的是技术能量,没有灵魂。
>
> ——皮埃尔·卡蓝默

1

那些街上的晨跑者,那些蹦蹦跳跳上学的孩子,哪儿去了呢?

那些笑逐颜开、边走边聊的早班人,那些黄昏时的遛弯族,那些按时回家的自行车铃响……那些用脚步生活的人,怎么都不见了呢?

小,即美好。这是三十年前经济学家舒马赫所著一本书的书名。我越来越支持这句话。

大,正让城市削掉双足,脚步日渐枯萎。我们腿脚的使用率已低于人体其他部位,它甚至很少被放置到地面上——我说的不是地板。"有足而不用,与无足等耳"。一个天天乘车踏板、周旋于电梯者,与轮椅上的人差不多。

街头,叮叮当当的钉鞋掌声消失了。

我们不再有磨坏的鞋子。我甚至想收藏一架那种补鞋机,它快成古董了吧?就像乡下的磨盘和犁具。

点与点之间的遥远,让我们望而却步,不得不折叠起双足,换之以轮胎和轨道。

现代人的日常身份,不再是"行人",而是"乘客"。

2

北京城,已套上了第六个大呼啦圈,且环距越来越大。

没人再敢把城市当棋枰,视自己为棋子了。城市的态势只能用涟漪来形容,且是巨石"扑通"激起的那种。面对急剧的放扩,没人敢吹嘘熟悉每一条波纹了,连的士司机都像片警那样,专挑熟悉的"片"跑。每逢赶急,我从不敢搭私车去机场,看错一个路标,前程就毁了。

"大"编织的迷宫,其复杂和诡秘、无端制造的浪费与周折,让一切"准时"的承诺都变得可疑、艰巨,近乎于说谎。

由于太大,任何人都只能消费极小一部分,无法从整体上参与它、拥有它。

这是一盘谁也下不完的棋。人只能在上面流浪,胡乱移动。某种意义上,已无真正的"北京人"、"上海人"、"广州人"。无边无际、日夜更新的城市,让所有人都变成了它的陌生客,几个月不出门,即产生陷入"异地"的恍惚和迷茫。

记得购房时,关于地点,我有个愿望:能一句话说清我究竟住哪儿,并让朋友凭这句话找到我。后发现,这想法太腐败了!除非你住在天下皆知的某个地标旁,而以正常购买力,这简直是痴人说梦。我曾给一个土著朋友发短信,说明来我家的驾车路线,尽管言简意赅,还是耗了五十多字。

据说,法国学者皮埃尔·卡蓝默访问了几座中国城市后,感叹:"它们太大了,每一次进入我都忍不住发抖。"

在无界的"大"面前,脚力是渺小的,所有的腿都会恐惧、自卑、抽搐。

由于"脚"和"历程"之间的逻辑弛散了,"人生脚步"一词,正丧失其象征性。城市无法用脚来丈量,人生也不再用脚来记录。我的办公室同事,人均每日乘车三小时,那是一种天天出差的感觉。一家伙恶狠狠道:"天天仨小时!练书法我早成了大师,下围棋我早晋了八段……"

是的,我们最有效的生命时间,虚掷在了路上。

而且,这是纯物理、纯机械的"赶路",绝无精神活动和审美可能:堵、挤、抢、搡、刮擦、焦灼、噪音、污染……整个一皱眉和骂娘的过程。

3

我一直深以为——

美好的地方一定是养脚的地方。诗意的城市应该是可以漫步的城市。

我对"散步"一词有着本能的偏爱。多年前逛书店,一眼瞅见封皮上有"散步"的两册书:宗白华《美学散步》、卢梭《一个孤独者的散步》。二话不说捧回家,果然是好书,极好的书。

我热爱散步的人生,信任散步的产物。好的灵感、音符、情愫,就像蚂蚱藏在你的途中,会突然于草丛中跃出。

什么情况下,漫步会成为城市的主题?人会心甘情愿地安步当车呢?

除城不能太大、任意两点间不能太远,还有两条:一、沿途空间应有舒适性和愉悦感,有魅力,不乏味。二、人的生活节奏相对舒缓,不焦灼,不着急。

后者属时代心境,最难化解,不多赘,只说空间。

一个城市是否对脚友好,是否对漫步发出了真挚邀请,看"人行道"即一目了然。人行道在道路系统中的地位,直接反映出城市对脚的态度。而普遍现状是:人行道的待遇太差了,较之宽阔的车道,它要么被忽略不计,要么被严重冷落和边缘化,甚至被侮辱。不仅人行道受车道欺负,行人在车辆前也被迫礼让、退避、服从。

在一座美好之城里,道路系统应在细节上处处体现对行人的体恤,人行道应享有特殊的荣誉和尊严。

那天,我要到马路对面去,一个外地来的朋友正拼命挥手,可附近既无天桥亦无路口,我想了半天,也不知如何跨越几十米天堑,最后招了辆车,到一桥底再绕回来,跋涉了几公里,才和朋友握上手,真可谓咫尺天涯。

丹尼贝尔说:"城市不仅是一个地方,更是一种心理状态,一种生活方式的象征。"

选择一座城市,就是投奔一种生活。

规划一座城市,就是设计一种生活。

4

"湖上笠翁"李渔最懂得"步"和"行"的关系。《闲情偶记》里有一篇专门论"行",他对沉湎车马者的建议是——

> 使乘车策马之人,能以步趋为乐,或经山水之胜,或逢花柳之妍,或遇戴笠之贫交,或见负薪之高士,欣然止驭,徒步为欢,有时安车而待步,有时安步以当车。

他的时代全是木牛流马的环保车,故其只从美学上衡量废足的损失。若换了现在,无马可策、无辔可驭,唯有屁股冒烟的汽车,这位绿色享乐者恐该气急败坏了。

虽发掘出很多足乐,但显然,他对沿途空间要求太高:山水之胜、花柳之妍、负薪之高士……也就是说,行步之趣必须有魅力风物相伴,必须有好玩的故事和兴奋点。心旷神怡,方举目皆景,否则即纯粹累足之苦。

柳永有过一篇《望海潮》,写宋朝杭州市景:"烟柳画桥,风帘翠幕,参差十万人家……市列珠玑,户盈罗绮,竞豪奢。重湖叠巘清嘉,有三秋桂子,十里荷花。羌管弄晴,菱歌泛夜,嬉嬉钓叟莲娃。乘醉听箫鼓,吟赏烟霞……"

读罢,我真有股冲动,恨不得即刻动身,奔赴那座伟大的城池。

那样的户外,你想不挪步都难,会觉得待屋里是犯罪,走得太急也是犯罪。

5

不可否认，长安街乃京城最伟大的街。我曾尝试在这条伟大的街上散步，发现唯深夜可忍，白天只适于车，不适于行。它空阔嘈杂，油味呛鼻，让人心烦意乱不说，且树稀荫小，不便停驻和小憩。虽建筑林立，但万象实为一景，枯燥无味，缺乏细节。而且，其笔直和宽幅也决定了它只适于游行和阅兵，不支持个体的散漫和自由。

在《美国大城市的死与生》中，雅各布斯说出了一重要观点：城市要饱满，要丰富，须保证"大多数街道要短，也就是说，在街上很容易拐弯"。

在北京，真正对漫步发出邀请的是胡同。其一砖一木都有体温，元素鲜活、细节密集，最具酵母气息和微生物色彩，所遇之人也有趣……重要的是，你能与它对话，一副门礅、春联，一棵槐树和一窝喜鹊，一丛墙头草或一只流浪猫，都是一个有趣的信息体。而长安街，你就没法交流，它根本不打算和你平等。那些威风凛凛的建筑体，阴郁僵冷，拒绝握手、拒绝攀谈，只接受瞻仰、服从。

琉璃厂、大栅栏，本为京城最活跃的市井，但整饬葺新后，野性和生趣没了，故事与传奇没了，民间性和平易感没了，店主与顾客的多样性也没了……总之，有意思的人和事都没了，甚至比不上潘家园和报国寺的地摊，后者更有张力和弹性，更有潜伏的江湖能量。偶尔，我也会串串琉璃厂，但权当凭吊了，脑子里闪现的满是王世襄、张中行笔下的旧影，画饼充饥罢了。

胡同街区的枯萎、市井活性的夭折、"步行街"的出世，皆意味着漫步文化渐行渐远。

当走路成为一件乏味的体力活,兴致即衰了。人行道的物理性能再好,也只能满足运动一下筋骨,寂寞而出,索然而归。在广州、厦门和泉州的老城,我邂逅过一些残破的旧骑楼,它们身处繁华,临街倚铺,探出一溜檐廊来,衔连几百米,可遮风挡雨防晒。据说该设计曾风靡于南洋,和古廊桥相似,它处处体现出对行人的召唤与体贴,可谓关怀备至,非常温馨。

北方的林荫道、风雨亭,南方的骑楼、廊桥,都是漫步文化的产物。

或许车马稀少之故,祖先在建筑上极其呵护行人和散客。现代场馆则相反,重车辆重利润,停车位、停车场,设施服务皆一流,但一个过路人休想从建筑中得到任何免费的好处。

6

另外,要提一下自行车。

在我眼里,这是一种伟大而可爱的发明。它是马匹被取消后人类脚力获得的最大补偿和抚慰,也是我能接受城市适度放大的原因。仔细看,你会发现自行车很有美感,它转化人的能量,像一双有魔力的鞋子,且清洁可亲,不像汽车那样冷血和暴躁。我宁愿把它视为原始"脚步"的升级版和时尚版,它与人体组合出了一种新的"脚步"。

事实上,自行车所受的冷遇和衰落,与行走相差无几。

当一个城市开始歧视起脚和自行车来,它已毫无美感。

当一个城市无法用脚和自行车来丈量,它已失去道德。

"这样的城市非常乏味,它显示的是技术能量,没有灵魂。"皮埃尔·卡蓝默说。

7

给双足一块有力量的落点吧。

脚,是要用来走路的。否则,从肉体到精神皆有"失足"感。

那年,崔永元拉一帮人去搞"新长征",红旗飘飘,走了趟物非人非的老路。我所在的央视栏目做了期纪录片,讲这群好事者如何折磨自己,如何痛并快乐着。我还发明了个词——"精神足疗"。在我看来,小崔的红旗实为幌子,不过是一帮废足已久、萎靡不振的现代人——做了次"足底按摩"罢了。

据说疗效不错,很多脚激动得热泪盈眶,小崔的抑郁也好了大半。

足底穴位那么多,通着那么多的经络和神经元,不治百病才怪呢。

——2009 年

8

这个叫"霾"的春天

这个发霉的早晨,连公鸡都不会为它打鸣。

你只能用"沦陷"来形容。

诸如"黎明"、"晨曦"、"曙光"之类的词,和它一丁点儿关系都没有。这只是时间意义上的早晨,它的应有之义、美学特征,荡然无存。

你想起老电影里"旧社会"的天色,那种一看就痛苦、就悲愤,那种专为"剥削"、"压迫"、"革命"服务的色调。

捂着口罩,我在公园里跑步。看上去有点弱智?像个犯罪嫌疑人?或者,像围栏里的猎物?

这种厚厚的防 PM2.5 的口罩,已非普通意义上的护具,它是武装,把你拖入一种战备状态。戴上它,你就有了斗争的心态,你对天空充满敌意,对周围的一切有了一种冷蔑和诅咒……这太糟了,这心境对一个无条件热爱生活、热爱大自然的人来说,简直是欺侮,是凌辱。

这个春天交给我两项任务:运动和戒烟。这是医嘱,也是我送给中年的礼物。我曾那样地歧视肉体,在思想或精神面前,它被忽略和牺牲得太久了,我要忏悔,要补偿,要给它一个崇高地位。爱身体吧,它不是旅馆,它是生命的祖国,我喃喃自语。

身体不应只为精神服役,反过来,它应该被精神追求,被盛赞、被爱戴。

一个人,尤其是中年人,应有机会真正结识自己的身体,凝视、相知,然后相爱。体检,即这样的机会。那天,医生对着报告单说,把烟戒了吧,你的心电图、你的胆固醇……我说好。

于是身体成了我的祖国。我是这个国度唯一的公民,负有热爱它、建设它的全部责任。我希望它生机勃勃、前途光明,我希望它风调雨顺、鸟语花香。

运动亦和戒烟有关。烟瘾发作,我的办法是逃离椅子,逃离和"吸烟"有染的情景、空间、氛围、人群,到户外去,在露天里深呼吸,让外界占领心神,让运动分泌一种叫"内啡肽"的物质,让莫名的兴奋冲刷尼古丁留下的恐慌……

可怜的是,我选择了这个春天,它让上述任务变得异常艰巨,因为,支持户外活动的天数实在太少了。

据北京气象局统计,从1月1日到29日,雾霾天数为24天。能见度最低的那一天,有人发了条微博:"世上最遥远的距离,莫过于你站在天安门前,却看不见毛主席。"并配了幅广场照片,一片灰,啥也没有。

敏于保健的人,常年会听到两种"专家提醒":一是"开窗通风,防流感,除甲醛,减少室内污染……";一是"老幼不宜外出,一般人群减少户外活动,闭门窗,御尘霾……"。

悲哀的是,这两种指令,指的往往是同一天。

我对恶劣天气的定义,早已不是刮风下雨落冰雹,相反,我酷爱它们,只有一场大风才能把雾霾洗涤;只有一场大雨,才能将天地洗净。尔后,霾卷土重来,世界再度沦陷,人们再盼风雷响彻、喜迎解放……

如今的"好天气",全靠传统的"坏天气"来赎回,有点像黑市交易。

现代人的生存有个特征:社会性太强,自然性不足,过多地纠缠和沉溺于社会性事务,而和大自然疏于交往。我本亦然,但如今变了,这个春天,对我来说是生理的春天,是感官的春天。它最大限度地唤醒了我的生物身份和自然属性,让我意识到一个动物的真实处境:空气、水、土壤、食物……

于动物而言,这个时代的天然环境和生存待遇实在是太恶劣了,堪称亘古未有之变局。这很可悲,我们强调社会人的权利和福祉,却忽略了作为一个普通生物的本初诉求——对水的诉求,对空气的诉求……连这些基本的生理渴望、自然待遇都被辜负、都不及格,你增值再多的社会性成就、产品和福利,又有何德何能?

这个早晨,我并不孤独。一个遛狗的人,迎面走来,他戴着口罩,而狗没有。走近了，我认出了狗，也知道了主人是谁。两个蒙面人，谁都没打招呼的意思。狗也一声不吭，垂头丧气……这是个好主人，他每天赶在上班前来公园，不是为自己，他要释放掉狗一天的体力和激情。

我突然回头打量那狗，它的鼻孔、它的肺，完全裸露在毒空气中，它没有拒绝和逃避的能力。

这么肮脏的天气，桃花竟然开了，像群不谙世事的少女。

树林拐弯处，猛然撞见她们，我惊呆了，惶惶然，似乎看到了不该看的东西。

她们依然笑靥娇羞，依然腮红欲滴，依然粉颈婆娑，和一千年前的姐妹一模一样。

那袭幽香，来自同一个香囊，来自同一首"桃之夭夭"或唐诗宋词。

她们若无其事，一副陶醉的样子，一副专心致志、憧憬出嫁的神态，似乎从不考虑嫁给谁，哪怕是个流氓，是个歹徒、混蛋。

她们脸上的幸福感染了我。

我仰起脖子，艰难地笑笑。

桃花，才是绝对的花痴。她们是春天的新娘，每年都要出嫁，嫁给春天里某种汹涌的物质。

我羡慕她们，没心没肺，不用呼吸。

我参加了她们的婚礼。

凝视良久，我依依不舍，向肮脏春天里的娇艳告别。

犹如乱世情人的永诀。

出公园时,瞅见墙上贴张纸:"通知:自今日起,本园开始喷洒防虫剂,药物有效期十五天,此间请不要在园内久留,不要采摘或挖食野菜,否则后果自负。"

我想起那群天天讨论挖野菜做饺子的老太太。

可那些鸟儿怎么办?谁通知它们?

这时,我听见几声枯哑而愤怒的狗吠。

狗会骂人吗?

—— 2013 年

09

人生树下

"维桑与梓,必恭敬止",语出《诗·小雅》,意思是说:桑树梓树乃父母所栽,见之必肃立生敬。父母者,为何要在舍前植这两种树呢?答案是"以遗子孙给蚕食、具器用者也"(《朱熹集传》),即让子孙有衣裳穿、有家具使。后来,"桑梓"便成了"故里"的代称。

树,不仅实用,还意味着福佑、恩泽和繁衍;不仅赐人花果和木质,还传递亲情和美德,还承载光阴与家世。树非速生,非一季一岁之功,它耐受、持久、长命,春华秋实,像一位高寿的家族长者,俯看儿孙绕膝。

所谓"荫泽"、"荫蔽"、"荫佑"之说,皆源于树。

有祖必有根,有宅必有树。再穷的人家,也能给后人撑起一大片荫凉。这是祖辈赠与子嗣最简朴最牢固的遗产了。

幼时,父亲带我回乡下祖宅,院子里有一棵粗壮的枣树,上有鹊窝，下落石几。逢孩子哭闹，祖母便将房梁上的吊篮勾下，摸出红油油的干枣来。后来，老人去世，老屋拆迁，"老家"便没了。

虽非桑梓，但我知道，此树乃祖辈所植，在其下纳过凉、吃过枣子的，除了我，还有我的父亲，还有父亲的父亲……它是一轮轮人生的见证者，见证了他们从跌撞的蒙童、攀爬的顽少，变成拄杖的耄耋……

这样的树，犹若亲属。

老人们讲，闹饥荒时，都是树先枯，人后亡，因为果腹的最后一样东西，是树皮。人，只要熬到春天就不会饿死了，因为这时候，树抽芽了。

几千年来，凡村首，必有一棵神采奕奕的老树。民谣中唱，"问我祖先何处来，山西洪洞大槐树"、"祖先故里叫什么，大槐树下老鸹窝"。树，是家舍的象征、是地址的招幡。离家者，最后一眼回望的是它；返乡者，远远眺见的也是它。

游同里古镇，听到一个说法：江南殷实人家，若生女婴，便在庭院里栽一棵香樟，女儿待嫁时，树亦长成，媒婆在墙外看到了，即登门提亲；嫁女之际，家人将树伐下，做成两只大箱子，放入绸缎作嫁妆，取"两厢厮守"（仿音"两箱丝绸"）之意。

多美的习俗！女儿待字闺中时，对该树的感情定是窸窸窣窣的微妙，那是自己的树啊，盼它长大，又怕它长大。想想吧，它像儿伴一样耳鬓厮磨，像丫环一样贴身随嫁，多么暖心，多么私密，多么亲昵。

我若有女，必种一棵香樟。

那年去贵州，走到从江县的月亮山，遇一苗地，叫岜沙，据说这支部落是蚩尤的后代。它给我的第一印象是：林子可真密啊！那些人、房子、生活，全躲在翠绿里。撞见人，感觉他不是走出来，而是像泥鳅一样，突然从绿潭里钻出来。林中有径，当你跨外一步，去沟边小解时，才醒悟到森林的"森"字——那"木"真是密密匝匝、层层叠叠，难以落脚。

岜沙，即苗语"草木茂盛"。

恐怕再没有比岜沙人更膜拜树的族群了，男子蓄起直直的发髻，象征山上的树干，而身上的粗布青衣，模仿树皮。

树，是岜沙人的神。他们尊崇树的能量和美德。

在岜沙，凡重大活动和节庆仪式皆在林中进行，祈愿、盟誓、婚约的"证人"是大树；大伙有了心事，也向大树倾诉。按俗约，盗木者除了退赃，还要罚120斤米、120斤酒、120斤肉，请族人谅恕。

最触动我的，是岜沙人的葬礼。一个婴儿降生时，村民会替之栽一棵树苗，祈祝他像它一样茁壮、正直、坚韧；待他年迈去世，家人就找到那棵树，凿空作棺，去密林深处下葬，不设坟头、不立墓碑，最后，在平填好的新土上，埋下一棵小树苗，预示生命的再次启程，也象征灵魂的回家之桥（若黑发人早逝，则取用长辈的树）。这一切，都要赶在太阳落山前完成。

他们是大森林的孩子。森林里诞生，森林里消失。

"我们都认得哪棵树是自己的祖先。"岜沙人说。

有一棵树，将陪伴一个人出生、长大，直至死去。

除了葱茏，生命在世间不留任何痕迹。

这是我听过的关于人和树最好的故事。

那天，夕阳西下，听着山风和鸟鸣，我坐在岜沙的石头上，心想——

在这个世界上，每个人都应有一棵关系亲密的树。

至少一棵。

我们要在大自然里，找到自己的亲属，找到自己的根和床。

2014 年

10

雪白

1

　　叫人感念和思痛的东西愈来愈多了。比如雪。

　　在我印象里,雪是世界上最辽阔、最庄严、最有诗意和神性的覆盖。她使我隐约想到了圣诞、人类、福祉、博爱、命运这些宗教意味很浓的词。

　　那神秘无限的洁白,庞大的、包容一切的寂静,纯银般安谧、祥和的光芒,天地浑然、梦色绝尘的巍峨与澄明……

　　拿什么更美的形容她呢?她已被拿去形容世间最美的意境了。

　　童年时,我心里涨满了雪,比大地上的棉花还要多。那时候,大地依然贫穷，贫穷的孩子常常想：要是地里的雪全变成棉花该多好呵……如今，我们身上有的是厚厚的棉了，而大地，却失去了那相濡以沫的洁白。

那时候，一个冬天常常有好几场惊心动魄的雪。有时不舍昼夜地下，天凛地冽，银装素裹。夜晚白得耀眼，像火把节、像过年，很令人鼓舞。记得初中语文里有篇《夜走灵官峡》，开头即"纷纷扬扬的大雪又下了一整夜……"

那盛大的雪况，现在忆起来很有些隐隐动容和"俱往矣"的悲壮。不知今天的孩子会不会问：真有那么多雪么？

是真的，雪不仅多，而且美得痛心。

记得小学班里有个家境很穷的女生，又瘦又黑，像棵细细的老也长不大的豆芽儿。一次作文课上她灵机一动把雪比喻成了"雪花膏"，她说："那天夜里，我看见天上飘起了雪花膏……"她念的时候同学全笑了，连老师也哧哧笑了，说她是异想天开。于是老师接着给我们讲"异想天开"是什么意思。我就是从此学得这成语的。老师讲"异想天开"时女生趴在水泥桌上（当时课桌是用水泥板搭的）呜呜哭了……不久，她因家贫辍学。

许多年后，一个偶然的机会使我记起了这件事。我猛然发现那个"雪花膏"的比喻其实多么生动而富有诗意啊！

雪，雪花膏的雪，女孩子的雪。

在我所有见过的比喻中，这是最珍贵的一个，也是最难忘的一个。

要知道当时穷人的女儿是买不起雪花膏的。美丽的如诉如泣的雪花膏。

2

不知从何时起,有个声音问:我们的雪呢?

从前的梦想,有的很快就兑现了,比如棉花,比如雪花膏和课桌……一些虽遥遥无期,但我们并不苛求,慢慢来,一切都会有的,没有的都会有的……

是的,我们相信,时间已悄悄地印证了这点。但另一个事实是:我们曾经有过的,现在却没有了。

比如雪。我们有了无数的雪花膏,比雪花膏还雪花膏的雪花膏,可我们的雪呢?那"千树万树梨花开"的雪呢?

偶尔碰上一回,可那是怎样的情景啊——

稀稀落落粉针或末状的碎屑,仿佛老人凋谢的白须,被风一击,被地面轻轻一震,即消殒了。

这哪里是雪?分明是雪的骸,死去的雪。

衰败的迹象即这时显露的。我留意到了冬日的憔悴,大地的烦躁,空气的郁闷,没有冰的河床,树的稀少和鸟的惊恐……眯起眼睛,我辨认出菜叶上的斑点,阳光中的尘埃和可疑的飞来飞去的阴影……

从前不是这样子的。

纯洁简美的东西愈来愈少。人类创造着一切也破坏着一切,许多优雅的本色和古典的秩序被打碎了、颠覆了,包括季节、生态、秩序、规矩、操守……我们狂妄地征伐却失去了判断,拼命地拥有又背叛着初衷,我们消灭了贫穷还消灭了什么?

这是个欲望大得惊人的掘金年代。抒情的方式正在消失。只有物的欲望。欲望。

我感到了不安,感到了冬天背后那双忧郁的眼睛,那些威胁她的莫名危险……我开始了怀念,怀念那些流逝和几要流逝的东西,比如童年、雪、本色,比如村庄、野地、棉布、流动的水……

—— 1996 年

11

远行笔记（四章）

为何远行

为何远行？有一次我问友人。

渴望战栗。他漫不经心地答道。我被狠狠"电"了一下，觉得这句话好极了，叫人沉默。

一个人，无论多么新鲜的生命，如果在一个生存点上搁置太久，就会褪色、发馊、变质。感情就会疲倦，思想和呼吸即遭到压迫，反应迟钝，目光呆滞，想象力如衰草般一天天矮下去……

法国诗人阿兰说："对于忧郁者，我只有一句话，向远处看。如果眼睛自由了，头脑便是自由的。"

"出走"——可理解为一种形而上的精神"私奔",一种对现时生存秩序和栖居方式的反抗或突围。一股再忍下去即要发狂的激情炙烤着你,敦促和央求着你——冲出去!

从冒烟的牢房里冲出去。你是一吨炸药。否则就来不及了。

陈旧的生活总是令人厌恶和恐惧,只有陌生才会激起生命的亢奋与战栗。所以,一个诗人首先是一个"在路上"的行者,他总是将梦想盲目而执拗地撒向远方……

重要的是去,而非去何处。

渴望换种新的活法。渴望地理的改变能唤醒内心死去的东西。渴望一场烂漫的邂逅。渴望抚摸一棵叫不上名字的树……

渴望渴了能遇见一条清洁的河。

在神话典籍里——

"远方"是一条妩媚的、寂寞太久的狐。

她要有人去。特别是像山一样精纯的男子。在有月光的夜晚,走进她的林子。她睡了一千年,养足了温柔和血气,只待那个人来——那与她有过一样的梦的旅者。

只待那高潮战栗的一刻。

千年一刻!

刹那感觉

当列车启动,当城市峡谷和电视塔森冷的阴影、妖冶眩迷的霓虹灯招牌"呼"地像纸片般向后窜去……渐渐,车窗前方浮出蝌蚪般谦卑而亲蔼的灯火——清爽、温润,一点不刺眼,那是村寨的标识。影影绰绰,月光下,你看见了黛青的山廓和果冻似的湖。

隔着玻璃，它们送来了干净的风和植物的气息。稻畦、草叶、芦苇、池塘、蛙鸣、狗吠……幻觉里甚至还出现了更远的事物：林莽、山鹬、草丛间野兔疾电般的一跃。

那一刹，随着野兔的闪耀——你浑身猛然一震。是战栗！是被照亮！一股不可遏制的暖流奔泻而出……久盼的湿润和舒畅。自由了的感觉。生命减轻后的感觉。

像一个越狱成功的囚徒，证实甩掉了跟踪和监视的感觉。

冲过来了！啊，千真万确！

伟大的豁亮的一刹那。

从熟悉的生态圈闯出来，这意味着那些无形的"警戒线"和"纪律"像狱卒一样被干掉了——被时间和速度，悄无声息，手法干净利落。

列车长号一声，像脱缰的野马，在月光的婚床上，幸福地撒开蹄……

陌生的车厢。安全的车厢。

人人恋爱、自由清洁的车厢。

啊……愈来愈快，身子愈来愈快，愈来愈轻，愈来愈像那只兔子，那只闪电一样喷射高潮的兔子……

上帝的兔子！

你长长嘘出一口气，让肺里的淤泥彻底倒空——像一只旧抽屉来个底朝天。对，底朝天。

然后，你伸展躯肢，寻找最舒服的姿势，怎么舒服怎么做！

他们再也赶不上你了，你想。

他们正因失去管辖对象而气急败坏呢。

没有你,这些老爷们该怎么过啊……

想到这动人情景,你做坏事似的笑了。

让他们满世界找你去吧!

没有奴隶,他们就是奴隶了。

啊,生活……生活真好!

他们是谁?

他们是操纵程序的人。他们霸占某一城市、部门、单位……就像老鼠、蟑螂霸占一间旧屋和一只破麻袋。他们靠吮血为生,靠咬脏东西为生,靠窃取别人的劳动和撕碎愿望为生……

他们是虐待狂,一见别人挣扎就兴奋。

现在他们见不到了,于是现在轮到我高兴了。

他们不一定是人。但确有其人。

列车上的瓢虫

一粒火似的瓢虫,当欲去拉窗的时候,踩着了我的视线。

显然,是刚从临时停车的小站上来的。此刻,它仿佛睡着了,像一柄收拢的红油纸伞,古老、年轻、神采奕奕,与人类不相干的样子。

从其身上飘来一股草叶、露珠和泥土的清爽,一股神秘而濒临灭绝的农业气息……顿时,肺里像掉进了一丸薄荷,涟漪般迅速溶化,弥漫开来……

它小小的体温抚摸了我,将我湮没。

是什么样的诱惑,使之如此安然地伏在这儿,在冰凉的铁窗槽沟里?

它是一簇光焰，一颗童话里的糖，一粒诗歌记忆中失踪的字母……和我烂熟的现实生活无关。

背驮七盏星子。不多不少，一共七盏。为什么是"七"？这本身就是一件极神秘的事。幼小往往与神性、博大有关。

我肃然起敬，不忍心去惊扰它。它有尊严，任何生命都有尊严。

它更值得羡慕——

像一个小小的纯净的世界，花园一样甜，菜畦一样清洁，少女一样安静，儿童一样聪慧和富有美德……

它能飞翔，乘着风，乘着自己的生命飞来飞去。而人只能乘坐工具——且"越来越变成自己工具的工具了"（梭罗）。它不求助什么，更不勒索和欺压自己的同胞，仅凭天赋及本色生存，这是与人之最大区别。

它自由，因为不背负任何包袱，生命乃其唯一行李。它快乐，因为没有复杂心计，对事物不含敌意和戒备。它的要求极其简单——有风和大自然就行。从躯体到灵魂，它比我们每个人都轻盈、优雅、健康而自足。

它一定来自某个非常遥远的地方，那儿生长着朴素、单纯和明亮的元素……

在心里，我向其鞠躬。我感激这只不知从哪儿来的精灵，它的降临，使这个炎燥的旅夜变得温润、清爽起来。

邻座顺着我的视线去搜索，啥也没发现，唉，不幸的好奇心。

长时间的激动，它终于让我累了。

闭上眼睛，我希望等自己醒来的时候——

它已像梦一样破窗飞走。

但我将记住那个梦，记住它振翅时那个欢愉的瞬间。

草芥

为了抽支烟,我来到列车最拥挤和最孤独的地方——两节车厢的衔连处。

扎堆在这里的,除了一脸冷漠,显示出自命不凡和矜持的烟民,便是那些蓬头垢面的外省民工了。

他们或躺或倚或蹲,不肯轻易站着,仿佛那是件很费气力的活儿。其神情、衣束、行李皆十分相近,让人猜想这曾是一支连队,一支刚从战场撤下,且全是伤病号的队伍。

他们一个个表情黯淡,呵欠连天,像是连夜赶了很远的路才来到这儿,而上路前又恰好干完很累的活……他们对车厢里的一切都没兴趣,一上来便急急地铺下报纸卷、麻袋片,急急地撂倒身子,仿佛眼下唯一要做的就是节省体力,仿佛有更累更重的活儿在前方等着……

他们是这世上最珍爱气力的人。气力是其命根子,就像牛马毛驴是农家老小的命根子,他们舍得喂,舍得给,却不舍得鞭抽,不舍得挥霍挪用。

突然涌上一股惶恐。我缩了缩绷紧的脖子,觉得这样悠闲且居高临下地看对方"太不像话"——这显然不对!

总之,这隐含了某种"不对"。

在这个世界上,有的人,要靠几个、几十个人来养活。而有的人,却要至少养活几个人……有人一上车就被引入包厢,领到鲜花茶几水果前。而有的人,却被苍蝇似的赶到这儿,且只准待在这儿。

他们不是苍蝇,是人!

我一阵胸闷,心里低低吼着。像有一团擦过坐便器的脏布堵在里面。

我并非厌恶自己,我只是想到了某些令我厌恶的人,所以才有要对这世界呕吐的感觉。

我相信没有谁饲养我,我靠自己养活。说不定我还养活了谁!

我在心里向他们致敬。我想蹲下去,蹲到和其一样的高度,恭恭敬敬让一支烟……但终于没做,怕人家误会。

他们不习惯白拿人家的东西。我遇到过这样的情景:长途汽车上,将几颗糖悄悄塞给邻座农妇的孩子,她害怕地往后躲,后来母亲发现了,竟掴了孩子一巴掌,嘴里骂:"叫你馋,叫你拿人家的东西……"

"人家"—— 一个多么客气又警觉的词。客气得叫人压抑,让人难受。

他们在睡觉。集体在睡觉。他们的梦仿佛是同一个,连脸上的表情都那么一致,不时地张嘴,不时地皱眉,不时地淌下一丝涎水,仿佛要把更多的空气吞下去,仿佛嫌鼻孔不够大……

只有空气无偿地支援他们,满足他们。

他们在打鼾。就像在自家炕头老婆身边那样打鼾。偶尔翻一下身,喉咙里发出叽里咕噜,石块滚下山坡的响声……手趁机在行李上抓一把,判断对方还在不在。

他们的神情像是在森林里迷了路。有时突然睁开眼,警觉地瞅瞅四周,然后用焦急、粘连不清的方言问头顶上的烟圈:几……几点啦?

他们似乎连句流利的话都说不出,又似乎还急着想说啥,却一时给忘了。

你索性将时刻和一路上的大小站全报给了对方。

他们满意了,眼里噙着感激,连连点头,倒身又睡了。

自始至终,你听不到一句多余的话。
他们把能省的全都省下来了。

— 1996 年

12

大地伦理（四章）

> 毁灭物种就像从一本尚未读过的书中撕掉一些书页，而这是用一种人类很难读懂的语言写成的关于人类生存之地的书。
>
> ——［美］霍尔姆斯·罗尔斯顿

天使之举

电视新闻里，每看到那些"绿色和平"分子、那些民间志愿人、那些无名小卒，在风浪中划着舢板，不知畏惧地、拼命地挡在捕鲸船或核潜艇前……他们皆那么小、那么孤单，那么三三两两、稀稀拉拉，却抗拒着那么气势汹汹的庞然大物，甚至是国家机器……我总忍不住久久地感动。我清楚：这些都是真正的人，真正有尊严和爱自由的人。他们在保卫生命，在表达信仰和理想，在抗议同类对家园的剥削。

据报载：一位叫朱丽娅·希尔的少女，为保护北美一棵巨大的红杉树，竟然在这棵 18 层楼高的树上栖居了 738 天，直到该树的所有者——太平洋木材公司承诺放弃砍伐。

希尔是阿肯色州一位牧师的女儿，为呼吁保护森林，她于 1997 年 12 月 10 日攀上了这棵被称为"月亮"的红杉树。原打算待上三周，不料木材公司的冷漠却把她足足搁置了两年。当冬季来临，她只能用一块蓝帆布遮挡自身；无法洗澡，就以湿海绵擦身。

当双足再次踏上大地时，希尔喜极而泣。

我留意到，这则消息是被某晚报排在"世间奇相"栏中编发的，与之毗邻的是"少年坐着睡觉十一年"。显然，在编辑眼里，这事儿不外乎是一种"异人怪招"，算是对"大千世界，无奇不有"的一种诠释。可以想象，无论于编辑心态，还是于看客的阅读体验，都很难找到"感动"、"审美"之类的痕迹，只是猎奇，只是娱乐与戏谑。

我为一位少女的心灵纤细和行动能力所震颤，为这样一场生命行为——所包含的朴素信仰和巨大关怀力而惊叹，也忍不住为同胞的粗糙而遗憾。

这不仅仅是迟钝，更是麻痹和昏迷。

对大树漠不关心算什么人呢？只能算"植物人"罢。

我们有数不清的黄河探险、长江漂流、雪山攀登、海峡泅渡……甚者竟不惜性命。目的不外乎：或为国争光，别让洋人抢了先；或时尚一点说，"超越自我、挑战极限"。可我们几乎从未有过像希尔那样默默的私人之举，那样日常意义上的"举手之劳"……

显然，双方对自然的态度有别：希尔拥抱大树显示的是一种爱的决心，一种厮守的愿望；我们的那些"壮举"设计的是一种比试，一种对抗。二者的实践方式亦有别：如果说前者更接近一种日常的梦想表达和自由生活方式的话，那么，后者则更像一场众目睽睽下的卖力表演和作秀。

即使我们也有了这样的生命之举，即使某位中国少女扮演了希尔的角色，又会怎样？她的同胞、亲人会作何想？社会舆论和职能部门会作何反应？

她会不会被视为疯子？梦游者？妄想狂？

我们没有这样的习惯：做自以为正确的事！我们也缺乏这样的习惯思维：尊重、维护别人（包括对之有监护权的子女、眷属）做自以为正确之事的权利！

父母会干预，朋友会劝阻，组织会帮教，舆论会讽刺，有关部门会制止……用我们熟悉的话说，叫"摆平"。即使你勉强爬上了那棵树，待不过三天，就会被轰下来。对付一个丫头片子的撒野，招多着呢。说到底，此事休想做成。

于是，也就成了无人来做的事。

她不属于我们。因为她是天使。

树，树，树

有位老先生，教弟子识字：何为"树"呢？木，对也！

提起瑞典，眼前就会浮现出一幅宁静、典雅、恬淡的画面：白雪、木屋、蓝湖、青山、郁金香……而斯德哥尔摩，更是一弯美丽的月牙之城，每个到过她的人，都会为其旖旎风情所打动。而给人印象最深的是：她虽有现代设施之便捷，却无现代都市之弊端，尤其完好的是古城风貌和高大树荫……游客也往往会从导游嘴里获知这样一个故事——

20世纪60年代,现代化浪潮冲向这座古城。市政当局雄心勃勃地推行旧城改造,"百万工程"即其中一项,旨在每年递增十万套新住宅……当轰隆隆的铲车逼近"国王花园"时,斯德哥尔摩人警觉了:这样下去,自己的家园会沦为什么样子?未来的她与世界各地有何二致?

疑问渐渐拢成一股公共舆论和团结的理性。人们开始表达愤怒,在露天里发出声音。终于,一场保卫斯德哥尔摩的运动开始了——

1971年,市政决定,要在"国王花园"建一个地铁站,它意味着这片深为市民喜爱的绿地将大难临头。于是,一群勇敢的年轻人率先发起了"城市的选择"行动。他们擎着标语,走上街头,高喊"拯救斯德哥尔摩"的口号。开始政府不以为然,派出电锯工人,欲强行伐树,公众用身体组成人墙,挡在树前……骑警来了,但慑于众怒,也败下阵来。为防止当局耍花招,市民们干脆搭起了帐篷,日夜守候在那儿,誓与古树共存亡。

终于,政府作出了让步,地铁线绕道而行,虽多花了数倍纳税人的钱,但历史悠久的"国王花园"却留了下来。

那群百年古树是幸运的。在她盛大荫凉下成长起来的青年一代,终于有机会回报那片母爱般的葱茏了。或许愈难得就愈珍惜吧,如今的"国王花园"更是斯德哥尔摩的胜地,每年都有数不清的集会和演出在此举行,俨然成为瑞典人向世界展示自己的一个窗口。

那些护树青年们,也成了大众心目中的英雄。新生的瑞典公民和外国游客,很容易就能在瑞典教材、斯德哥尔摩旅游手册里读到他们的事迹。

还有一件事也令我难忘。如果说"拯救斯德哥尔摩"的主体力量来自民间，那这一次却是精英们的决策功劳了。

20世纪中期，美国的田纳西州曾投资1.16亿美元建一处名叫"特里哥坝"的水坝，当施工进入关键阶段时，忽接美国最高法院的通知，令其停工，理由是这儿生活着一种体长不过3英寸的蜗鲈（北美淡水鱼，体小，需在浅而湍急的水中产卵）。其后，"濒危物种委员会"也对该工程加以阻止……眼瞅着这座已具雏形的庞然大物，其时的田纳西州州长叹道："这等于给世上最小的鱼建造了最大的纪念碑！"

3寸——1.16亿，怎样的悬殊比例，怎样的不可思议！

这是大地的胜利。

一切取决于人的素质，大地哺育出的人的素质。

一群古树挫败了一条现代地铁线，一尾3寸小鱼掀翻了一座超级水坝……我们身边会发生这等事吗？

我常常抑制不住地想：如今的北京，假如没有当年那场大规模的旧城改造，而是像梁思成和林徽因夫妇设计的那样：完整地保留旧貌，另辟新城……今日北京会是一番什么气象？据说，当年梁先生将提案呈递后，得到了这样的呵斥："谁反对拆城墙，是党员就开除党籍！"显然，问题是不可讨论的。正是这种不可讨论，使得几十年来知识者早早养成了沉默的习惯，使我们在和平时期失陷了一座又一座辉煌城池。至今，偌大华夏竟无一座古城是以"城"为单位留存下来的，所谓的古迹，只是稀稀拉拉的"点"，铺不成"面"，构不成"群"。

"拆掉北京一座城楼，就像割掉我一块肉。扒掉北京一段城墙，就像剥掉我一层皮！"正像徽因墓在"文革"中被铁砣砸得稀烂一样，梁先生的惨叫又何尝不是文明之呻吟、知识之哀鸣？

后来我又获悉：二战结束前，身在重庆的梁先生，曾写信给美国军方，望轰炸日本本土时，能对奈良和京都两座古城手下留情。

不知美方是否收到了这封信,更不知这一外国人的请求是否被采纳,但我由衷地感到:若没有梁先生这些人类文化的知音和保姆,我们的世界和生活会破败成什么样子?而其本人及那些诤言的遭遇,恰恰折射出了文明的处境,良知的艰辛和成本。

笼文化和望鸟镜

同胞在其旅行见闻中留下一细节:在欧洲的一些公园,常见一种架在草坪上的望远镜,开始不懂,一打听,方知是为观鸟而设,它们准确的名字叫"望鸟镜",贴上去,游客能仔细欣赏远处树上鸟雀的一举一动,对鸟雀却毫无惊扰……

"望鸟镜",一个多么柔情和诗意的词儿啊,那距离多么美,多么温暖和恬静,多么沁人心脾!

在我们这片土地上,何以没诞生如此"遥望"的冲动呢?我想起了身边的另一番景象:花鸟鱼虫市场,寓翁闲叟们的膝下,太极晨练的路边,随处可见一种国粹——鸟笼,一盏盏材质优良、工艺精湛的"小号"。

有多少盏这样的"小号",便意味着有多少双翅膀从天空中被裁剪下来,被折叠成椅子,只能坐,不能飞。

我们发明的是栅栏,是囚牢。我们总喜欢把爱变成虐,把拥有变成占有,把"吻"变成"咬"。

读过一组故事:在澳洲,当局不惜斥巨资,在一条高速道上留出了众多的横向路带,目的是为了让袋鼠们自由穿梭……一对志愿者夫妇,为拯救一条被渔网困住的白鲨,冒着生命危险,跳下海,亲手去解绳扣……纽约的一次火灾中,消防员理查·麦托尼解下自己的输氧器，拯救一只被浓烟呛昏的猫……一位女科学家，为考察和保护非洲狮，在原始森林中风餐露宿，历时二十余年，直至去世……

这和我们那些身穿羚羊皮、大嚼鲨鱼翅的饕餮客相比，真有天壤之别。其实这区别，也正是"望鸟镜"与"鸟笼"的距离。

还有更让人匪夷所思的，2001年10月6日，一对游客在武汉森林野生动物园乘车游览，嬉戏中，一只两岁的小狮子突然将利爪探进车窗，抓伤了他们。20日，动物园向市林业公安处提出申请，要求击毙这只闯祸的小畜生。后经当地市民的再三抗议，园方才撤回死刑起诉，改判小狮子"无期徒刑"。从此，这只小狮子将在铁笼里孤单一生，不能再享受群居和放养生活。

显然在人眼里，它是有罪的，因为它对人产生了敌意，并制造了伤害。但我要问：谁先有罪？谁先侵犯了对方利益？谁先发动了挑衅和攻击？在大自然的法庭上，人类难道不已被控诉亿万次了吗？按自然法和生命平等的理念，此刻，它压根不该出现在人的车窗前，它的位置是非洲大草原，这会儿，它应该随母亲散步、和姊妹玩耍……

是谁剥夺了其自由和天伦之乐？是谁把它发配到了与人近在咫尺的地方？毁其家园、杀其父母、夺其自由，如今却呵斥起它的过失来了，这公平吗？

更让人疑惑的是，有识之士不是大声疾呼要恢复动物的野外生存能力吗？不正为野兽不野而忧心忡忡、寝食不安吗？为何现在却要对一只偶露峥嵘的小兽怒目相向、睚眦必报？莫非希望兽中王像叭儿狗一样俯首帖耳？

我替这只小狮子难过，更为自己的同类悲哀。

生命和平

在同一物种内,一个生命杀害自己的同类,比如一个人杀害另一人,甚至一只狼咬死另一只狼——无疑皆被视为犯罪和不道德,哪怕动物间的自相残杀,也会激起人心理上的强烈厌恶。那么,不同物类之间呢?

当我们堂皇地把大自然视为盘中餐、袖中物时,何以再也寻不到羞愧感了呢?"人类中心论"、"人本位"、"人类利己主义"天然合理吗?人欲膨胀到几何都不应受怀疑和指控吗?

当初,上帝曾给予人类怎样的权限?现代人履行的是神旨,还是自我授权或达尔文式的"刀俎路线"?

曾有一报道:辽宁,一座林子里,一个头戴兔皮帽子、手提猎枪的男子,突遭一只凶鹰袭击。它朝猎物俯冲下来,死命将利爪钉进对方头皮,想将之吊起来……若非同伴及时赶到,该男子很可能呜呼了。

猎人被猎,确实反常。报道人的语气里,竟毫无责怪凶鹰之意。人背叛人,也属罕见。

我在想,那位猎人,在天上的那双眼看来,是一只怎样的动物呢?据说,鹰眼向来锐利,视程和分辨率极高,总不致把人和兔子搅混吧?按常识,鹰也从不袭人啊。这究竟是怎么回事呢?

只有一种解释:人,变成了非人、怪物!变成了可怕的东西!

脑袋像兔子、猫腰提枪、蹑手蹑脚……难怪眼神极好的鹰也不认得它素来敬畏的人了。怪谁呢?

不由得想起史蒂文森在《尘与影》中给"人"下的一场定义——

> 人是多么怪异的一种幽灵啊……他是这大地上的疾病,忽而用

双脚走路,忽而像服了麻药一样呼呼大睡。他杀戮着、吃喝着、生长着,还为自己复制若干小小的拷贝。他长着乱草般的头发,头上装了一双眼睛,不停地转动和忽闪着。这是一个小孩看了会被吓得大叫的东西,但如果走近点看,他就是他的同伴所知道的那个他。

我想,那个倒霉的猎人大概一辈子都不会再戴那顶兔皮帽了吧。

  自然史上从未像今天这样,发生一种生命形式威胁着这么多别的生命形式的情形,也从未面临过这样一场由一个超级杀手制造的超级杀戮……人类不管是以其行动促成了某一物种的灭绝,还是以其漠然让该物种走向灭绝,都是阻断了一道有着生命活力的历史性的遗传信息流……让一个物种灭绝就是终止一个独一无二的故事。(霍尔姆斯·罗尔斯顿《哲学走向荒野》)

20世纪的最后一年里,每天午间,某电视频道都用几分钟讲述一个发生在"历史上的今天"的悲剧,它告诉世人:许多年前的今日,在我们的不知不觉中,曾有一种生存伙伴,比如一只美洲旅鸽或一头安哥拉红羚,发出了它在地球上最后一丝哀鸣……
  每看这档节目,我正在进食的胃都会莫名地一阵痉挛。
  我甚至怀疑,现在的胃病莫非就是那时落下的?

— 2003 年

13

耳根的清静

> 这个崇尚肉体的时代,竟从未想过要为耳朵做点什么。所有感官中,它被侮辱与损害的程度最深。
>
> ——题记

从前,人的耳朵里住过一位伟大的房客:寂静。

长安一片月,万户捣衣声。(李白)
雨中山果落,灯下草虫鸣。(王维)
鸟宿池边树,僧敲月下门。(贾岛)

在我眼里,古诗中最好的句子,所言之物皆为"静"。读它时,你会觉得全世界一片清寂,心境安谧至极,连发丝坠地都听得见。

古人真有耳福啊。

耳朵就像个旅馆，熙熙攘攘，谁都可以来住，且是不邀而至、猝不及防的那种。

其实，它最想念的房客有两位：一是寂静，一是音乐。

我一直认为，在上苍给人类原配的生存元素和美学资源中，"寂静"，乃最贵重的成分之一。音乐未诞生前，它是耳朵最大的福祉，也是唯一的爱情。

并非无声才叫寂静，深巷夜更、月落乌啼、雨滴石阶、风疾掠竹……寂静之声，更显清幽，更让人神思旷远。美景除了悦目，必营养耳朵。对人间美好之音，明人陈继儒曾历数："论声之韵者，曰溪声、涧声、竹声、松声、山禽声、幽壑声、芭蕉雨声、落花声，皆天地之清籁，诗坛之鼓吹也。然销魂之听，当以卖花声为第一。"（《小窗幽记》）

当以卖花声为第一。

儿时，逢夜醒，耳朵里就会蹑手蹑脚溜进一个声音，心神即被它拐走了：厅堂中有一盏木壳挂钟，叮当叮当，永不疲倦的样子……那钟摆声静极了，全世界似乎只剩下它，我边默默帮它计数，一、二、三……边想象有个孩子骑在上面荡秋千，冷不丁，会想起老师说的"一寸光阴一寸金"，我想，这叮当声就是光阴，就是黄金了罢。

回头看，那会儿的夜真静啊，童年的耳朵是有福的。

多年后，读"湖上笠翁"李渔的《闲情偶寄》，谈到睡，他说："睡必先择地，地之善者有二：曰静，曰凉。不静之地，只睡目不睡耳，耳目两岐，岂安身之善策乎？"

古人以睡养生，睡之有三：睡目、睡耳、睡心。睡之第一要素，静也。

为求静中之颐，那些神仙级的古人还有游觅"安榻"的风尚，即四处借地儿睡，比如深林泉畔、石竹幽窗……总之，在"静"上添更多的附加值。以古天地之清宁，还朝三暮四、环肥燕瘦，真奢靡啊。试看当下星级酒店，哪个在"静"上达标？

今天，吾辈耳朵里住着哪些房客呢？

刹车、喇叭、拆迁、施工、装修、铁轨震荡、机翼呼叫、高架桥轰鸣……它们有个集体注册名：喧嚣。这是时代对耳朵的围剿，你无处躲藏，双手捂耳也没用。

耳朵，从未遭遇这般黑压压、强悍而傲慢的敌人，我们从未以这么恶劣和屈辱的条件要求耳朵服帖。机械统治的年代，它粗大的喉结，只会发出尖利的啸音，像磨砂，像钝器从玻璃上狠狠刮过。

一朋友驾车时，总把"重金属"放到最大量，他并不关注谁在唱。按其说法，这是用一个声音覆盖一群声音，以毒攻毒，以暴制暴。

我们拿什么抵御噪声的进攻呢？

耳塞？地下室？使窗户封得像砖厚？将门缝塞得密不透隙？当然还有，即麻木和迟钝，以此减弱耳朵的受伤，有个词叫"失聪"，就是这状态。偶尔在山里或僻乡留宿，却翻来覆去睡不着，那份静太陌生、太异常了，习惯受虐的耳朵不适应这犒赏，就像一个饿者乍食荤腥会滑肠。

人体感官里，耳朵最被动、最无辜、最脆弱。它门户大开，不上锁、不设防、不拦截、不过滤，不像眼睛嘴巴可随意闭合。它永远露天，只有义务，没有权利。

其实，耳朵也是一副心灵器官。人之烦躁和焦虑，多与耳朵有关，故有种医术，叫音乐疗法。

但，耳朵总要反抗点什么。它的反抗即生病：失眠、憔悴、抑郁……科学家做一研究：观察马路两岸的树，噪音污染越重，树越无精打采，枝头耷拉，叶子萎靡，俨然一个惊恐的孩子。和人一样，树是有情绪的，是长耳朵的。

为抚慰可怜的耳朵，我淘过一张CD，叫《阿尔卑斯山林》，采的是纯粹的自然之声：晨曲、溪流、雀啾、疾风、松涛……买回家的那个下午，我急急关好门窗，打开音响，一个人浸泡到傍晚。

那个下午，耳朵在逃窜，我携它一起私奔，向着遥远的阿尔卑斯。

弥漫山林的，无论什么动静，都是"静"。久违的静，亘古的静，伟大的静。我给耳朵美滋滋过了个节，像杨白劳给喜儿买了尺红头绳。

此后，我多了个习惯，每逢机会，便录下大自然的天籁：秋草虫鸣、夏夜蛙唱、南归雁声、风歇雨骤、曙光里的雀欢、树叶行走的沙沙……我在储粮，以备饥荒。城里的耳朵，多数时候是饿的。

我对朋友说，现代人的特征是：溺爱嘴巴，宠幸眼睛，虐待耳朵。

不是么？论吃喝，我们食不厌精，脍不厌细。华夏之饕，举世无双。视觉上，美色、服饰、花草、橱窗、广场、霓虹，所有的时尚宣言和环境主张无不在"色相"上下功夫。

口福和眼福俱饱矣，耳福呢？

无一座城市致力于"音容"，无一处居所以"寂静"命名。

我们几乎满足了肉体所有的部位，唯独冷遇了耳朵。

甚至连冷遇都不算，是折磨，是羞辱。

做一只现代耳朵真的太不幸了，古人枉造了"悦耳"一词。实在对不住，我们更多的是"虐耳"。

有个说法叫"花开的声音",一直,我将其当成一个比喻和诗意幻觉,直到遇一画家,她说从前在老家,中国最东北的荒野,夏天暴雨后,她去坡上挖野菜,总能听见苕树梅绽放的声音,四下里噼啪响……

苕树梅,我家旁的园子里就有,红、粉、白,水汪汪、亮盈盈,一盏盏像玻璃纸剪出的小太阳。我深信她没听错,那不是幻听和诗心的矫造,我深信那片野地的静,那个年代的静,还有少女耳膜的清澈——她有聆听物语的天赋,她有幅画,叫《你能让满山花开我就来》,那绝对是一种通灵境界……我深信,一个野菜喂大的孩子,大自然向她敞开的就多。

我们听不见,或难以置信,是因为失聪日久,耳朵被磨出了茧子。

是的,你必须承认,世界已把寂静——这大自然的"原配",给弄丢了。

是的,你必须承认,耳朵——失去了最伟大的爱情。

我听不见花开的声音。

我只听见耳朵的惨叫。

2009 年

14

谁偷走了夜里的"黑"

1

你见过真正的黑夜吗?深沉的、浓烈的、黑魆魆的夜?

儿时是有的,小学作文里,我还用过"漆黑",还说它"伸手不见五指"。

从何时起,昼夜的边界模糊了。夜变得浅薄,没了厚度和深意,犹如墨被稀释……渐渐,口语中也剥掉了"黑"字,只剩下"夜"。

夜和黑夜,是两样事物。

夜是个时段,乃光阴的运行区间;黑夜不然,是一种境,一种栖息和生态美学。一个是场次,一个是场。

在大自然的原始配置中,夜天经地义是黑的,黑了亿万年。即使有了人类的火把,夜还是黑的,底蕴和本质还是黑的。

"夜如何其?夜未央。庭燎之光。"这是《诗经·庭燎》开头的话,给我的印象就是:夜真深啊。

那会儿的夜,很纯。

一位苗寨兄弟进京参加"原生态民歌大赛",翻来覆去睡不着,为什么?城里的夜太亮了。没法子,只好以厚毛巾蒙面,诈一回眼睛。在他看来,黑的浓度不够,即算不上夜,俨然掺水的酒,不配叫酒。

习惯了夜的黑,犹如习惯了酒之烈,否则难下咽。

宋时,人们管睡眠叫"黑甜",入梦即"赴黑甜"。意思是说,又黑又甜才算好觉。睡之酣,须仰赖夜之黑:夜色浅淡,则世气不宁;浮光乱渡,则心神难束。所以古代养生,力主"亥时"(约晚10点)前就寝,唯此,睡眠才能占有夜的深沉部分。

现代人的"黑甜",只好求助于厚厚窗帘了,人工围出一角来。

伪造黑夜、虚拟黑夜……难怪窗帘生意如此火爆。

2

昼夜轮值,黑白往复;日出而作,日落而息……乃自然之道,人生正解。

夜,是上天之手撒下的一块布,一座氤氲的罩体,其功能即覆护万物、取缔喧哗、纳藏浮尘,犹若海绵吸水、收杂入屉。无夜,谁来叫停芸芸众生的熙攘纷扰和劳顿之苦？何以平息白昼的手舞足蹈与嘈沸之亢？夜，还和精神的营养素——"寂"、"定"、"谧"相通。"夜深人静"的意思是：夜深，心方静远……而这一切，需靠结结实实的"黑"来完成：无黑，则万物败露，星月萎殆；无黑则无隐，无隐则无宁。

所以我一直觉得，黑，不仅是夜之色相，更是夜的价值核心。

黑，是夜的光华，是夜的能量，是夜的灵魂，也是夜的尊严。

"不夜城"，绝对是个贬义词。等于把夜的独立性给废黜了，把星空给挤兑和欺负了。它侵略了夜，丑化了夜，羞辱了夜，仿佛闯到人家床前掀被子。

将白昼肆意加长，将黑夜胡乱点燃，是一场美学暴乱，一场自然事故。无阴润，则阳萎；无夜育，则昼疲。黑白失调，糟蹋了两样好东西。

往实了说，这既伤耗能源，又损害生理。我一直纳闷为何现代鸡发育那么快？真相是：笼舍全天照明，鸡无法睡觉，于是拼命吃。见光吃食，乃鸡的秉性，人识破了这点，故取缔了黑，令其不舍昼夜地膨胀身子。

现代鸡是在疯狂的植物神经紊乱中被速成的。它们没有童年，没有青春，只有起点和终点。人享用的，即这些可怜的被篡改了生命密码的鸡，这些一声不吭、无一日之宁的鸡。毕其一生，它们连一次黑夜都没体会，连鸣都没打过。

我想，应给其重新起个名：昼鸡，或胃鸡。

无黑，对人体的折磨更大，可谓痛不欲生。据说逼供多用此法，不打不骂，只用大灯泡照你，一两日挺过去，第三天，你会哭喊着哀求睡一会儿,哪怕随后被拉出去枪毙。

3

黑夜,不仅消隐物象,它还让生命睁开另一双眼,去感受和识别更多无形而贴心的东西。

成年后,我只遇上一回真正的夜。

那年,随福建的朋友游武夷山,在山里一家宾舍落脚。夜半,饥饿来了,大伙驱车去一条僻静的江边寻夜宵。

吃到一半,突然一片漆黑,断电了。

等骚动过去,我猛然意识到:它来了,真正的夜来了。

亿万年前的夜,秦汉的夜,魏晋的夜,唐宋的夜……来了。

此时此刻,我和一个古人面对的一模一样?

山河依旧?草木依旧?虫鸣依旧?

是,应该是。那种弥漫天地、不含杂质、水墨淋漓的黑,乃我前所未遇。

星月也恢复了古意,又亮又大,神采奕奕。还有脚下那条江,初来时并未听到哗哗的流淌,此刻,它让我顿悟了什么叫"川流不息",什么叫"逝者如斯",它让我意识到它已在这儿住了几千年……

我被带入了一幅古画,成了其中一员,成了高山流水的一部分。

其实,这不过是夜的一次显形,恢复其本来面目罢了。

而我们每天乃至一生的面对,皆是被改造过的不实之夜。

几小时后,灯火大作,酒消梦散。

21世纪又回来了。

这是一次靠"事故"收获的夜。

对都市人来说，这样的机会寥寥无几。第一，你需熄掉现代光源，遭遇或制造一次停电。第二，你需走出足够远，甩掉市声人沸的跟踪，最好是荒山野岭、人烟稀少之处，否则一束过路车灯、一架红眼航班，即会将梦惊飞。

所以，这是运气。

4

夜的美德还在于，其遮蔽性给人生营造了一种社会文化：个体感和隐私性。

如果说，白昼之人，不得不在光天化日、众目睽睽下演绎集体生活模式，那么，黑——则让人生从"广场状态"移入"角落状态"，夜——成了除住宅空间外更辽阔的私生活舞台。所以，"夜生活"即同义于"私生活"。

我向来觉得，生活的本质即私生活，私生活才是真正的生活。白天，人属于人群，不属于自我。正是夜，让世界还原成一个个私人领地和精神单元，正是黑的降临，才预示着生活帷幕的拉开。

但棘手的是：现代之夜的"黑"，明显减量了，不足值了。

现代生活和城市发展的一个趋向是：愈发的白昼化，愈发的广场性。风靡各地的"灯光工程"、"不夜工程"以及无孔不入的摄像头，即为例证。

凡诱惑之物，必成为一种资源，进而孕育一份产业。

终于,有人瞄上了"黑",并把它变成了巧克力一样的东西——

2005年,北京商务区开了一家名为"巨鲸肚"的黑暗餐厅。顾名思义,这是个伸手不见五指的人造空间。该餐厅分亮光区和黑暗区,客人先在亮光区点餐,将手机、打火机、表链等发光品存储起来,再由佩夜视镜的侍者引入黑暗区。

一时间,该餐厅生意火爆,预订期长达一周。说是进餐,不如说猎奇,因为没人把吃当回事,据说饭菜并不可口,大家消费的是黑——绝对的、久违的、正宗的、业已消逝的"黑"。

我想,谁要打造一栋类似"夜未央"的诗意空间,肯定更卖座。

我也会去消费。夜如何其?夜未央,夜未央……

说了这么多,其实我一点不厌光,相反,我深爱星月之华、烛火之灿。

夜里,微光最迷人,最让人心荡漾。

我厌倦的是"白夜城市"、"不夜工程",它恶意篡改了大自然的逻辑和黑白之比,将悦目变成了刺眼。

对"黑"怀有偏见并驱逐——这个时代有点蠢。

我觉得,人类应干好两件事——

一是点亮黑夜。一是修复黑夜。

同属文明,一样伟大。

2009年

15

仰望：一种精神姿势

> 我们生活在阴沟里，但依然有人仰望星空。
>
> ——王尔德

在先者关于生命、时空、信念……的声音中，有一句话，于我堪称最璀璨、最完美的表述，此即康德的墓志铭："有两样东西，对它们的盯凝愈深沉，在我心里唤起的敬畏与赞叹就愈强烈，这就是：头顶的星空和心中的道德律。"

仰望星空——许多年来，这个朴素的举止，它所蕴含的生命美学和宗教意绪，一直感动和濡染着我。在我眼里，这不仅是个深情的动作，更是一道信仰仪式。它教会了我迷恋与感恩，教会了我如何守护童年的品行，如何小心翼翼地以虔敬之心看世界，向细微之物学习谦卑与忠诚……谦卑，只有恢复谦卑，生命才能获得神性的支持，心灵才能生出竹枝的高度与尊严。

如果说"仰望"有着精神同义词的话，我想，那应是"憧憬、虔敬、守诺、皈依、忠诚……"之类。"仰望"——让人端直和挺拔！它既是自然意义的昂首，又是社会属性的膜拜；它可喻指一个人的生命动作，亦可象征一代人的文化品性和精神姿势。多年来，我养成了一个观察习惯：看一个人对星空的态度——有无"眺"之虔敬，有无和"仰"相匹配的气质。某种意义上，看一个人如何消费星空，便可粗略判断他是如何消费生命的。于一个时代的群体而言，亦如此。

在古希腊、古埃及、古华夏，当追溯文明之源时，你会发现：最早的文化灵感和生命智识——莫不受孕于对天象的注视，莫不诞生于玉庐苍穹的感召和月晕清辉的谕示。神话、咏叹、时令、历法、图腾、祭礼、哲思、诗词、占卜、宗教、艺术……概莫能外。日月交迭，斗转星移；阴晴亏盈，风云变幻；文化与天地共栖，人伦与神明同息；银河璀璨之时，也是人文潮汐高涨的季节。星空，对地面行走的人来说，不仅是生理依赖，也是精神依赖；不仅是光线来源，也是诗意与梦想、神性与理性的来源。从雅典神庙的"认识你自己"到贝多芬的"我的王国在天空"；从屈原"夜光何德，死而又育"的天问，到张若虚"江畔何人初见月，江月何年初照人"之唏嘘……正是在星光的普照与萦绕下，人类才印证了自己的足点，确立着无限和有限，感受到天道的永恒与轮回，从而在坐标系中获得生命的镇定。

失去星空的笼罩和滋养，人的精神夜晚该会多么黯然与冷寂。

生命之上，是山顶。山顶之上，是上苍。对地球人来说，星空即唯一的上苍，也是最璀璨的精神屋顶。它把时空的巍峨、神秘、诗意、纯净、浩瀚、深邃、慷慨、无限……一并交给了你。

汉语构词真的很奇妙，把"信仰"二字拆开即发现：信与仰的关系竟那么紧密——信者，仰也；仰者，信也。唯仰者信，唯信者仰。

对星空的审美态度和消费方式，往往可见一个时代的生存品格、文化习性和价值信仰。我发现，凡有德和有信的时代，必是谦卑的时代，必是尊重万物、惯于膜拜和仰望的时代；凡理想主义和浪漫主义涨潮的季节，也必是凝视星空最深情与专注之时。

应该说，半世纪之前的人类，在对星空的消费上，基本是一种纯真的、童年式的文化和精神消费，更多地，人们用一种唯美和宗教的视线凝望它。但现代以来，随着技术野心的膨胀和飞行工具的扩张，人们变得实用了、贪婪了，开始以一种急躁的物理的方式染指她……手足代之目光，触摸代之表白。这有个标志点：公元 1969 年 7 月 20 日，随着"阿波罗"登月舱缓缓启开，一个叫阿姆斯特朗的地球人，在一片人类从未涉足过的裸土上，插下了一面星条旗。

当星空变成了"太空"、意境变成了领地，当想象力变成了科技力和生产力，当"嫦娥奔月"变成了太空竞赛和星球大战——人类对星空的消费，也就完成了由"爱慕"向"占有"的偷渡，对之的打量也就从恋情式进入了科技式和政治式，膜拜变成了染指和窃取。不仅恋曲结束了，连纯真也一并死掉了。

至此，康德和牛顿所栖息的那个精神夜晚，彻底终结。他们的星空已被彻底物理化。

2005 年

16

人类如何消费星空

> 触摸她,用目光,别用手指。
>
> ——题记

1

数千年来,对月亮这颗距我们最近的星体,人类所作的都是一种文化注视和精神打量,或者说,乃诗意消费和美学消费。但最近的一件事,却改变了这一传统:有人以实物和商品的方式消费她。

2005年秋,北京朝阳区,一家新出炉的公司赫然亮一招牌——"大中华区月球大使馆"。据称,该公司已在工商局正式注册,乃美国"月球大使馆"在中国的总代理,全权负责月球地皮在中国区的销售,范围为:月球北纬20度至24度,西经30度至34度。这究竟是怎样一笔买卖呢？公司称，买主可得到一册装帧精美的月球土地所有权证书，上载月球宪章、外层空间条约等条文，买主拥有该土地的所有权、使用权、地表及地下三公里内的矿产权。价格呢？不贵：每英亩298元人民币。

此招一出，舆论哗然。若非朱红大印的工商执照，人们还以为是哪个行为艺术家在搞笑。可查阅了"月球大使馆"的境外身世后，我却笑不出来了，因为，它近乎"合法"——

"月亮大使馆"的创始人叫丹尼斯·霍普，早年一偶然机会，他发现联合国1967年制定的《外层空间条约》有一处疏漏，即在此约中，所有成员国都承认太空的天体主权不为任一国家所有，但它并未限定私人拥有的权利。这位聪明人大喜过望，立马向当地法院、美国、前苏联和联合国递交了一份所有权声明，宣布自己为太阳系除地球外所有星体的主人，并于1980年开始，正式兜售他的财产。"月球大使馆"即他开设的第一家"售楼处"。

按西方法令：凡不被禁止的，即合法。这意味着，要想剥夺丹尼斯自封的领地，必须拟定一部新的太空条例。可由于种种原因，丹尼斯的这个天敌迟迟未降生，于是其生意便也浩浩荡荡了。据称，该大使馆已有230万之众的客户群，售出近四亿英亩的月土，顾客中更不乏名流显士，比如好莱坞明星，比如美国前总统罗纳德·里根和吉米·卡特等。

虽说在西方，"月球大使馆"的泡泡糖早已满天飞，可它降落在中国这样一个刻板务实的地方，还着实惊人不小。据报道，北京的职能部门一上来有点手足无措，觉得它有欺诈之嫌，可又说不出它究竟在哪里犯规，据说正调集各路方家商量招数呢……若它真无人问津、自生自灭也就罢了，可如此蜃景般的"楼花"，还真有人青睐，短短几日，已有数百人预定。这下，连饱学之士们都沉不住气了："天文学和社会学界的专家纷纷表示，月球及其他星球皆属全人类共有的公共资源，是不属于某个人的。开采月球资源应属国家行为，个人根本不具备主体资格……"

上述摘自一家报纸。到目前为止，该声音代表了反对者的主流立场，也似乎代表着"理性"、"客观"、"公允"的最高水平。其核心论据可浓缩为一句话：月球是全人类的！言外之意：你凭啥抢大伙的东西？

月球是谁的？是"全人类"的吗？这个疑问突然从脑子里飞出时，我不禁也怔住了。是啊，较之"个人——公共"的博弈，这难道不是一个更大更惊险的问号？

这是个有价值的问号，但显然，也是个有花无果的问号。因为它越出了"人本"伦理的边界，几乎逼近了一个人的宇宙信仰。而信仰即愿意信仰，这注定是一件无法讨论——只供选择的事。

我的选择是：月球只属于上帝，或者说，只属于她自己！有趣的是，这观点得到了一个幽默的声援。互联网上，看到一位无名氏的帖子："如果月球或者其他星球上有生物呢，人家愿意么？比如，外星人来到地球，然后说地球是他们的，我们愿意么？这不是疯狂，是无耻啊！"

是啊，若人类自恃有权把月球当可支配资源，那无疑也埋下了另一种风险：另一星球的生命，把地球注册为私产怎么办？"己所不欲，勿施于人"，此既是人伦，亦为天道罢。

无论是"月球大使馆"，还是急于回收主权的法律方或理性派，其再有分歧，也有一共识：月球是人类的财产！在这点上，双方是利益共同体。买卖的前提和制止的依据，都基于"人类中心论"。若有人宣称月球不属于"人",那双方恐怕都要跳起来同仇敌忾了。这不外乎一场集体和个人的分配之争,一场涉关"业主"名分的归属之争。这对表面的敌人,实乃精神同谋。

我不会充当"月权证"的消费者(我只会是"月亮"的消费者),但我也不会是这样一个反对者:以人类的权利剥夺某个人的权利,以集体的名字覆盖某个人的名字。我既不支持一个人的占有,也不支持全人类的占有。在我看来,双方乃一种同质的疯狂。

阿姆斯特朗登月后说了一句话:月球属于全世界。我知道,他是从"物"的配属意义上说的,而我想说的是:月亮属于她自己。

她有着独立的宇宙人格和主体性。

2

作为一桩新闻,此事让我重视(我称之为一起"精神事件"),并不在于它的法理是非——这仅仅是个"有限是非",而非"绝对是非"。让我感慨的是:这场公然对月球的圈地运动,它并非常见的国家行为,而是一场民间欲望的即兴表达;它头一回——把大众对月亮的消费经验,从几千年贯之的精神和文化层面,诱拐到物质消费上来了,并赢得了广泛的青睐和簇拥。

"到月球上置业去!"无疑,这是想象力十足的消费,正像媒体鼓吹,"此乃人类想象力的伟大创举!"先不理睬"伟大","创举"我是认同的,且觉得这是一记惊人的想象力撑竿跳。不仅惊人,而且骇世。较之数千年来人们对月亮的眼神,此番消费暗含着一次"革命",或者说"精神暴动"。

让我们先耐心地看看买主心理吧,他们究竟在消费什么呢——

一位先生漫不经心道:"买月权,就是花几百元买个证玩玩呗,如果女友要天上的月亮,我就拿这个给她,哄她开心。"

一个颇有情调的男人!这恐怕是最典型的消费者了。心知肚明,那三张百元大钞换来的文书,与其说是一份地契,不如说更像一个纪念品。它本身不构成任何实用性消费,只是一种想象力消费,一次心甘情愿的"异想天开"。

有趣的是,我还看到一则宣泄性的网帖,出自一位正为房价暴涨发愁的青年:"三百元能买什么?在北京,连一块鞋掌大的地也拿不下呀!地上的买不起,咱就买天上的,好歹也当回'业主'不是?"

是啊,纵观寰宇,哪儿不正轰轰隆隆地上演"寸土必争、寸土不留、寸土寸金"的焦土战?哪支看得见的地球资源不被炙热的商锅炒得只剩骨头渣?当不成实际的业主,在虚拟游戏中过把瘾,也算精神胜利法吧。

如果说穷人的"浪漫"——多因为现实消费能力不足,出于对地面生计的沮丧,并试图对"一无所有"身份稍作挣扎和修改的话,那还有一类人,一种恐龙级的野心家,其物质想象力和欲望扩张力已至骇人地步。《世界新闻周刊》称:对世界首富比尔·盖茨来说,地球上已没啥能吸引眼球了,他已将目光放至太空,并有购买火星的打算……在牛皮吹上了天的背后,这是否也显示:地球资源的分配游戏,确实已玩到了山穷水尽的地步了呢?

不管咋说,"月球大使馆"生意不错,在现代市场上,它"诗意栖息"的星空消费,很有人缘。而令我不安的,恰是这人缘。"缘"意味着一种共谋,一种合拍,精神上的一拍即合。这意味着买卖双方已步入一种"同志"关系。

从何时起,我们眼中的月亮变成了"月土"?情欲变成了物欲,精神元素变成了物质资源？"琼楼玉宇"变成了挂牌地皮？即使这交易比"期货"更虚拟，但这虚拟泄露了我们对星空怎样的态度？怎样的生命质地和心灵气象？我们还有迷恋事物的能力吗？仔细盘点一下，我们还剩下多少可供敬畏和仰望的东西？还剩下多少精神家底？

无论是蓄意的卖方、天真的顾客，还是集体主义的"公物管理员"，其消费心理中都暗含着对月亮的大不敬，都泄露了民间精神大盘上的那支物质主义股的强劲。比"瓜分"更可怕的是"瓜分意识"，这印证了一个事实：在现代人视野里，"月亮"——这一被仰望了数千年的文化意象和精神图腾，正被"月土"这一尘埃概念所覆盖，她的天然神性和光芒在褪失。同时，人类的欲念也在缓缓出轨：手脚正试图取代目光！

3

把月亮当画饼来叫卖，缺乏想象力的人真干不出，但容我刻薄一点说：这是才子加流氓的想象……不错，它可以叫时尚，但这是浪漫吗？真正的浪漫主义能咽得下地皮包裹的月饼吗？

其实，透过现代人的轻薄裙摆，窥见的恰恰是浪漫的贫困和诗意的溃败。

在我心目中，"月亮"和"月球"永远是两回事。前者为美学名词，是一文化属性的概念，乃审美的结果；后者为物性名词，是一地理属性的概念，乃实用的结果。当民间开始更多地使用"月球"而非"月亮"的时候，这说明了什么？在现代人的精神图谱中，拜物性和功利性正愈发显赫。

几千年来，月亮，以其温美恬静的面容，悬挂于我们的人文视野中。"月桂"、"婵娟"、"天仙"、"望舒"……作为最亲密、最宝贵的一个邻居,她像一位情侣,像一记忠诚而浪漫的誓约,厮守着地球的浩瀚长夜。我不知道,当有人在月亮上掰下一块"产权"后,再注视她的时候,是否就会更深情、更痴迷?或许会,但这样的痴迷必定是卑琐、轻佻、不大气的。那份痴迷里,是绝对萌生不了"起舞弄清影,何似在人间"之诗意的。

我不知道,当月亮被磔成寸寸缕缕的地皮后,那些自称拥有天才想象力的头脑,还将怎样继续想象对她的染指?与其说这是"诗意",不如说更是"歹意",犹如好色之徒对美女的垂涎。

"清樽素月,长愿相随"、"但愿人长久,千里共婵娟"……当"婵娟"被打包成千万个纸片的时候,人还剩下多少"长愿"、"长久"可待?这是月亮之悲,还是人之悲?

"月球大使馆"——从伦理上看,乃一桩精神腐败案,它让我看到了现代人的狂妄和虚妄、赌性和贪婪。连月亮都吵嚷着要卖了,人类真是穷到了历史的最低点。从脑力上讲,它确实是现代人最有想象力的一次消费,也是诱杀想象力的一次阴谋。它凭的是灵感,毁灭的却是诗意。与其说这是最有想象力的人干出的最没想象力的事,不如说这是最没想象力的人干出的最有想象力的事!

它会被记住的——以"丑闻"的身份。

4

物质力在膨胀,精神力在萎缩。

沧海一粟,云天一埃。人类,不过是个偶然,不过是日光和月光下的一群生命蝌蚪,不过是宇宙恩泽下的一条灵性小溪,背叛了这一本分，才是悲剧的开始。

卑微，乃人类最大的美德。或许也是最后的美德。

"不知天上宫阙，今夕是何年"，尽可能大声地朗诵这古老情怀吧，尽可能多地使用"月亮"这一精神名词吧……唯此，才对得起她的胸怀和慷慨，人才是富有的，人的成长才不以牺牲童真与纯洁为代价。

仰望星空吧，那儿居住着我们唯一的上苍，也寄存着我们最大的未来和精神故乡。再不要去说"征服"、"分配"之类的粗话脏话了……对上苍，唯一能做的，就是注视和请求。

想起了一句危言：这世界结束的方式，不是一声巨响，而是一阵呜咽。

我视之为一个值得感激的忠告。

2005 年

17

蟋蟀入我床下
—— 纪念虫鸣文化

> 夜晚,虫子在吹口哨。而世间,人在大声争吵,乃至什么也听不见。
>
> ——题记

1

蟋蟀在堂,岁聿其莫。今我不乐,日月其除。

《诗经》中无处不充满着对光阴的警觉与热爱,提醒同胞惜时和勤勉,比如这首《唐风·蟋蟀》,即在冲人喊:蟋蟀已跑到你屋里了,天凉好个秋,赶紧寻乐吧,别磨磨蹭蹭啊。

蟋蟀躯微,入室难见,但可聆察。所以,虫鸣的意义在于醒耳,耳醒则心苏。

在我眼里，史上最伟大的田园诗要属《豳风·七月》，它不仅是一年农事的全景画，且是一部旷野奏鸣曲。除了天上飞的——"春日载阳，有鸣仓庚（黄莺）"、"五月鸣蜩（蝉）"、"七月鸣鵙（伯劳鸟）"，我尤喜地上的那一小节："五月斯螽动股，六月莎鸡振羽，七月在野，八月在宇，九月在户，十月蟋蟀入我床下。"

在音乐未诞生前，世上最美妙的动静，竟是从虫肚子里发出的。

小小软腹，竟藏得下一把乐器。

喓喓、喊喊、嗞嗞、瞿瞿、唧唧、聒聒、嗟嗟、唶唶……

自然音律里，虫声最难绘，但各种象声词还是纷纷扬扬。

古人不仅崇拜光阴，更擅以自然微象提醒时序，每一季都有各自的风物标志。

秋呢？谁是它的形象大使和新闻发言人？

"以鸟鸣春，以雷鸣夏，以虫鸣秋，以风鸣冬"（韩愈），该说法基本权威，古人鸣秋，借助最多的即虫，"梧桐飘落叶，秋虫情更痴"，秋风萧瑟时，虫是旷野最生动的音符。

虫族中，名声大的属蟋蟀、蝈蝈、油葫芦、金铃了，我儿时亲近过前两位，喂之辣椒、葱头和苹果。记得课上学"蟋蟀"，怎么也写不对，直恨这字儿咋长那么多腿，结果像画画，不是多一撇，就是少一捺，腿数总不对。除"蛐蛐"，蟋蟀还有个别称——"促织"或"趋织"。据说此别称从魏晋兴叫，原因是农妇一听到它，即知天要凉，得赶紧织布缝衣了，故幽州有谚：趋织鸣，懒妇惊。

关于虫效，有民间说法：夜晚，将蝈蝈或蛐蛐笼悬于睡榻前，蚊子即躲得远远的。我试过，"瞿瞿"声带来的神经兴奋比蚊叮更让我睡不着。

2

若以性情论四季，我以为春烂漫、夏聒烈、秋清幽、冬肃沉。

我最喜秋。秋让生命知觉最细锐、心灵层次最丰富、想象力最驰远……一个人最有和自己对话的冲动。

为何？大概因为静。

秋之静，有虫语之功。秋收后，天空疏阔、旷野清朗，突然，丝丝缕缕、高高低低的"瞿瞿"、"唧唧"飘来（这时，很像发生了一件事，有人将一根手指竖立唇边：嘘——），世界便一下子静了，一年的尘嚣都被涤散了，吹远了。

虫声制造凉意，你会倏地一惊，身体收紧，接着，某些东西开始苏醒。你会清晰地意识到生命进度，触到某个不易觉察的部位和愿望……

少时，虫比声更诱惑我，虫声在我听来也总是欢悦、灿烂的。而立后，我才品出它的清冷、它的沁凉，才算领会了那些引虫入诗的古人心境——

喓喓草虫，趯趯阜螽。未见君子，忧心忡忡。（《诗经·召南》）

秋月斜明虚白堂，寒蛩唧唧树苍苍。（李郢）

大火流兮草虫鸣，繁霜降兮草木零。秋为期兮时已征，思美人兮愁屏营。（张衡）

秋风袅袅入曲房，罗帐含月思心伤。蟋蟀夜鸣断人肠，长夜思君心飞扬。（汤惠休）

淅淅沥沥之鸣，怎能不勾起思情离愁？

3

论精神线条和心灵耳朵，古人比今人要敏细、精巧得多，后者太糙太钝了。试问，我们能识几种虫语？谁配做一只蟋蟀的知音？

明人袁宏道在《蓄促织》中，论虫语之异：蝈蝈"音声与促织相似，而清越过之……凄声彻夜，酸楚异常，俗耳为之一清"。金钟儿"如金玉中出，温和亮彻，听之令人气平……见暗则鸣，遇明则止"。

虫微弱，和鸟兽的张扬不同，其性谦怯，其态隐忍，故生命触须极细，对时令、天气、晨暮、地形的体察极敏，这也是其声之幽、之迂、之邃的原因。所以，凡悟其语、知其音者，耳根必须异常清静，心灵必须有丰富的褶皱与纹理，方能共鸣。否则，对牛弹琴。

梅妻鹤子、山鬼结拜，在师法自然上，古人真是身体力行。

他们比今人性灵、彻悟、烂漫，所以能出公冶长那般通鸟语之人，恐怕这也是古典文学出没灵异精怪的原因。一部《太平广记》，近乎仙妖大全。

他们走得远、走得幽，一个人敢往草木深处闯，所遇蹊跷和神奇也就多。

这和科学及生产力无关。

几千年来,古人的生活美学和精神空间里,虫鸣文化一直是重要构件。

和"天人合一"的心旨有关,也与早年大自然的完整性和纯净度有关。

说到这儿,忽想起一档游戏来。儿时,有一种"鸡、虎、虫、棒"的斗牌,现在想,后人无论如何发明不出这玩法了,因为世界的元素变了,常识也变了。不信你看:野虎没了吧?那"虎吃鸡"之经验即立不住了;对笼养鸡来说,"鸡食虫"岂非白日梦?虫也给农药灭净了吧?"虫咬棒"从何谈起?几条生物链都断了,现代视野里只剩棒和鸡,没得玩了。

大自然的完整性一旦受伤,古老游戏的内在逻辑也就撑不住了。

4

对古人心境而言,虫鸣是一位如约而至、翩然而降的房客。

娉娉、袅袅、衣冠楚楚、玉树临风……略含忧郁,但不失笑容与暖意。尤其在百姓和孩童的耳朵里,那分明是高亢的快活。

"怀之入茶肆,炫彼养虫儿","燕都擅巧术,能使节令移,瓦盆植虫种,天寒乃蕃滋"……在《锦灰堆》书里,大师级玩家王世襄忆述了亲历的京城虫戏,从收虫、养虫到听虫(斗虫为我所憎,故本文不及),从罐皿到葫芦的植术造式,淋漓详尽。

为挽续虫语,古人从唐代开始宠虫,"每至秋时,宫中妃妾辈,以小金笼捉蟋蟀闭于笼子,置之枕函畔,夜听其声,庶民之家皆效也"(《开元天宝遗事》)。经一路研习,蓄虫术愈发精湛,学得孵化后,虫声即可从秋听到冬,听到过年了。

古人会享受，擅享受，懂享受。

想想吧，大雪飘零，风声凛冽，而斗室旮旯里，清越之声蓦起，恍若移步瓜棚豆架……而且此天籁，皆取材于大自然，几尾草虫、半盏泥盆、一串葫芦，即大功告成，成本极低。

有句俗话，叫"入葫听叫"。

太美了，真是点睛之笔啊，正可谓一葫一世界，一虫一神仙。你看，秋虫和葫芦，动静搭配，皆出身草木，多像一副妙联的上下句。

虫声高涨，带动了它的商品房——葫芦业。清咸丰年间，有个河北三河县人，别号"三河刘"，他种造的葫芦，音效特好，至今为收藏界念叨。过去的北京琉璃厂，一度虫鸣沸腾，葫芦满街，有位叫张连桐的人，也是养葫高手。

那年逛地坛庙会，我购得一玩意儿：一对乌色的草编蟋蟀，翅翅攀在半盏束腰葫芦上，神态警觉，栩栩如生。作者亦有来头，裕庸老先生。该翁1943年生，满族正黄旗，爱新觉罗氏，曾拜师北派的齐玉山、南派的毅正文，被誉为京城最后的草编大师。

至今，它仍摆在我书案上。冷不丁搭一眼，心头滑过一句"雨中山果落，灯下草虫鸣"或"竹深树密虫鸣处，时有微凉不是风"，甚是惬意。

5

城市豢养的器官是迟钝的，秋虫知音者，寥寥无几。

王世襄先生乃其一。这位大爱大痴的老人，那种蚂蚁般的天真，那种对幼小和细微的孜孜求好，那种茂盛的草木情怀和体量……当世恐难见其二。

他在《锦灰堆》里回忆的那番青春好风光，乃中国养虫人最后的黄金时代，亦是虫鸣文化的绝唱和挽歌。

此后，水土、心性、耳根、居境、世风……皆不适宜了。

空间越来越只为人服务，环境侍奉的对象、卫生标准的主体，都是人。比如水污、地污、光污、音污，比如农药、化肥、除草剂，其量于人不足致命，于虫则不行了，虫清洁成癖，体弱身薄，一点微毒即令之断子绝孙。

古时秋日，不闻虫语是难以想象的。那是耳朵渎职，是心性失察，是人生事故。足以让人惊悸、懊恼，羞愧难当。

可当今，一年到头，除了人间争吵和汽车喇叭，我们什么也听不见了。

或许耳朵失聪，或许虫儿被惊跑了，躲得远远的了罢。

总之，不再与人共舞，不再与人同眠。

七月在野，八月在宇……十月蟋蟀入我床下。

何年何夕，那尾童年的蟋蟀，能再赴我枕畔，窃窃私语呢？

— 2009 年

18

湮灭的燕事

> 笙歌散尽游人去,始觉春空。垂下帘栊,双燕归来细雨中。
>
> —— 欧阳修

1

每逢"雀巢奶粉"、"雀巢咖啡",总念及失散多年的燕窝。

我最近一次遇见它,约八年前,在北京白塔寺附近,电视剧《四世同堂》曾拍摄于此。途经一门楼时,忽闻一缕怯怯的叽喳声,像从雾里钻出来的。至今,那声音犹在耳畔,难以名状,却是对"呢喃"的最好注释。循着那声,我瞅见了久违的燕窝,在门楼内侧的横梁上。

我笑了,是一簇嗷嗷待哺的雏燕。

朱门虚掩,有副对联:翩翩双飞燕,颉颃舞春风。

横批:非亲似亲。

好一户知书达理、其乐融融的人家!在那盆燕窝下,我翘望了半天,舍不得走。分手时,想起一首儿歌:"小燕子,穿花衣,年年春天来这里……"想必,这家小主人也是天天唱的罢?

燕窝最堪称"呕心沥血"。

它是点点滴滴吐唾的结晶。其址选于檐下或梁上,雌雄双燕含辛茹苦地衔来泥粒、草茎,以唾液将之凝成碗状,内垫软物,一个家便落成了。让人垂涎的名肴"燕窝",乃燕族中金丝燕和雨燕的家,据说采摘时,常见巢畔咯血滴红,甚至有亡燕陈尸,皆劳累所致。燕之心血、津唾、爱巢,经人的腹欲幻变,竟成了美味、珍馐。

一个半世纪前,欧洲战乱,因营养不良,婴儿夭折率很高。一位叫亨利的瑞士男子心急如焚,他将鲜牛奶和谷米粥混合,发明了一种雏儿饮品,无数饥饿的童年被拯救。不久,亨利创办了一家食品公司,冠名"雀巢"。此后经年,公司越来越大,屡有人提议更名,皆被亨利家族拒绝。

何以对小小雀巢如此钟情呢?我想,大概因意象之美吧。巢,总是触发人们对"家"、"哺乳"、"温情"、"安全"、"信任"等的联想。

巢,一个高浓度的爱词。

三年前的一个冬日,再过白塔寺,我大吃一惊,旧街拆迁,一片狼藉。

那栋曾让我眷恋的门楼也不见了,只剩歪倒的石礅。

心里一阵惘然,试想,数月后某个春日,当南徙的旧燕如约归来,这儿将上演怎样的情景……

古时候，人常把山河羁旅、家国破碎的黍离之情与燕事连在一起，像什么"暗牖悬蛛网，空梁落燕泥"、"满地芦花伴我老，旧家燕子傍谁飞"，而燕的心境，却少有人揣度。面对故园颓毁、梁栋无踪，那寻寻觅觅的徘徊、声声断断的哀鸣、空空怅怅的彷徨，又寄与谁呢？

我不敢想象归燕的神情了。它还蒙在鼓里，不知千里之外的变故。愿它迷了路另投他乡吧，转念一想，不对，燕子记忆力极好，且天性忠诚。

"燕子归来衔绣幕，旧巢无觅处"，这一幕注定要上演。

2

鸟族中，与人关系最密的当属燕，尤其是家燕。

它用近在咫尺、同宿共眠的依依亲昵——证明了人间原来并不可怕。

它以登堂入室、梁上君子的落落大方——证明了市井的慷慨与温情。

> 翩翩新来燕，双双入我庐。（陶渊明）
> 自喜蜗牛舍，兼容燕子巢。（李商隐）

燕身俊长，背羽蓝黑，故称玄鸟。它翅尖尾叉，开合似剪，欧洲"燕尾服"就汲此灵感。唐人李峤，淋漓刻画了其形神："天女伺辰至，玄衣澹碧空。差池沐时雨，颉颃舞春风。"古诗文中，燕几乎是被歌咏最多的，"燕"字被召入名氏的频率也最高。

师从物性,向自然学习,乃古人惯常的精神功课。燕的貌态和习性,不仅给人带来审美愉悦和灵感,更在思想与伦理上刺激和提携着人心,成为一支重要的人文资源。这一点,从其称呼中即可显现:春燕、征燕、归燕、新燕、旧燕、喜燕、劳燕、双燕……

> 几处早莺争暖树,谁家新燕啄春泥。(白居易)
> 燕子不归春事晚,一汀烟雨杏花寒。(戴叔伦)

相传,燕于春天社日北迁,秋天社日南徙,所以,它便成了惜时的最佳情物。

南来北往的疾行之色,给燕披上了一抹吉卜赛气质,你可感伤为游民的动荡与飘沛,亦可领会成人生的诗意与辽阔。尤其于现代国人,这种天高任鸟飞的流畅,这种免户籍之扰的自由,招人羡慕。

看来鸟事比人事简单,自然比人际宽容啊。

燕的归去来兮、巢空巢满,更从行为和心灵美学上,渲染了人世的悲欢离合。早在《诗经》年代,人即以燕事比喻送嫁,"燕燕于飞,差池其羽,之子于归,远送于野"(《邶风·燕燕》)。尤其是燕的万里识途和履约而至,更让人生出欣慰和暖意,正像杜甫《归燕》所赞:"春色岂相访,众雏还识机。故巢傥未毁,会傍主人飞。"

在恋旧、忠诚、守诺等情操上,燕比犬执著,比人可信。

而且,燕的归来,以千山万水为脚力成本,更让人感动。

人对燕的宠幸,还有一大缘由:情爱审美。

鸟族中,燕是出了名的勤勉,除筑巢之累,更体现在哺雏之劳上。

片片仙云来渡水，双双燕子共衔泥。（张谔）

晴丝千尺挽韶光，百舌无声燕子忙。（范成大）

白居易的《燕诗示刘叟》描绘更详："梁上有双燕，翩翩雄与雌。衔泥两椽间，一巢生四儿……须臾十来往，犹恐巢中饥。辛勤三十日，母瘦雏渐肥。喃喃教言语，一一刷毛衣。"

而且，这份伟大的家务，离不开一个字：双。一夫一妻制的燕子，素以恩爱著称，视觉上的颉颃翩跹、出双入对，经人的情感镜片过滤，即成了相濡以沫的伉俪之美。

这种生儿育女、如胶似漆的情态，怎不撩人心呢？

"思为双飞燕，衔泥巢君屋"、"在天愿作比翼鸟，在地愿为连理枝"……动物伦理，就这样深深鼓舞并提携着人的伦理。

祥鸟、瑞鸟、爱情鸟的地位，就这样定了。

3

燕藏春衔向谁家。

几千年里，人一直把燕访视为大吉，欢天喜地恭迎，小心翼翼地侍奉，不仅宅第开放，檐梁裸呈，甚至夜不闭户。一方面民风敦厚，治安环境好；一方面燕子勤早，方便其外出。

在闽南乡下，见民居两耳有高高翘起的飞檐，颇有"细雨鱼儿出，微风燕子斜"之象，一打听，原来叫"双飞燕"，真是形神兼备。我想，模仿即热爱吧。

莺莺燕燕春春，花花柳柳真真，事事风风韵韵。

在人类栖息史上，喃语绕梁、人燕同居——堪称最大的佳话与传奇。在我眼里，这甚至是比"风水"更高的自然成就和美学理想，乃天人合一、安居乐业之象征。

然而，随着院落平舍被取缔、高楼大厦之崛起，一个颠覆性的居住时代降临了。开放变成了幽闭，亲蔼变成了严厉，盛情变成了冷漠，慷慨变成了吝啬……

这注定了做一只当代燕子的悲剧。

这远非"旧家燕子傍谁飞"的问题了，而是无梁可依、无檐可遮、无台可歇、无舍可入。

杜牧在《村舍燕》中道："汉宫一百四十五，多下珠帘闭锁窗。何处营巢夏将半，茅檐烟里语双双。"是啊，既然殿堂紧闭，那就改宿乡墟吧，野舍虽简，却不失温暖。可对一只现代燕子来说，却没这份幸运了，无论城乡，皆为冷酷的窗户和铁蒺藜的防盗网。

人在囚禁自己的同时，也羞辱了燕子的认亲。

燕和贼，面对一样的难题，陷入相似的境遇。

人居的封闭式格局，意味着燕巢的覆没。

"卷帘燕子穿人去，洗砚鱼儿触手来"，流传了几千年的燕事，真要与人烟诀别了吗？若此，于人又有何损失呢？

多是务虚的失落，比如风物景致、美学意境上的，比如少了端详燕容的机会，少了托物寄情的对象……总之，不外乎诗意的减损，于极端务实和糙鲁之心，当然不算什么。

不知人祖是否与燕族有过长相守的誓盟?

炊烟的升起、茅舍的诞生,孕育了人燕厮磨的习俗,如今却闭门谢客,这算不算背信弃义和严重毁约呢?

是人类不忠,还是人在背叛自己?背叛自己的童年和发小?

4

>无可奈何花落去,似曾相识燕归来。

最近一次邂逅燕,是在初春的郊野。稀稀拉拉,像几粒黑柳叶,随电线一起飘忽……在我眼里,那影子是忧伤、茫然的,是失魂落魄的。

世界究竟怎么了?

它不会懂。它所能做的,只有修改自己。

它要修篡上万年的家族遗传,改变栖息习性,学会风餐露宿……并用几千年的光阴去调教子嗣,将骨子里与人为邻的基因一点点剔除、涤净,恢复远古的流浪,恢复它在猿祖裹树叶、住山洞那会儿的天性。

呜呼,安得广厦千万间,大庇天下"燕士"俱欢颜?

2009 年

19

荒野的消逝
—— 兼致"哥本哈根"气候大会上的哭泣

我们没有创造这个世界,我们正忙于削弱它。

我们需要找到如何使我们自己变得小一些,不再是世界中心的办法。

—— 比尔·麦克基本

1

早上跑步,遇到件有趣的事:园子深处有一条僻径,两畔是大树和灌丛,少有人涉,我跑过去时,一切正常,可原路折返时,忽眼前一晃,一条亮晶晶的丝拦住去路。我呆住,一只大蜘蛛正手忙脚乱。原来,趁我来去的间隙,它已在两棵树之间设下埋伏。我不敢惊扰这桩阴谋,在欣赏够了这个自以为是的家伙后,我吹起口哨,绕道而行。

这给了我一天的兴奋。此后,我热爱起这个园子——此前我并不欣赏她过度修饰和文明的外表。因为在那种整齐的美之下,仍活跃着一缕野性的能量,使之每个瞬间都充满未知、偶然和动荡,尽管微弱、隐蔽、甚至被忽略不计,但在我心里,它已扭转了这园子的气质。

很显然,上述快乐并非源于邂逅蜘蛛,而是一份叫"野"的元素给的。这份"野"代表着一种诞生了亿万年的原始力量和生物激情,它在文明之外,在"时代"、"社会"、"人间"等概念与内容之外。我亢奋的秘密在于:我撞上了大自然的力。蜘蛛要俘获的不是我,但等来的却是我。在它眼里,我和它是平等的野物——荒野的成员,我为突如其来的"平等"所晕眩……我被蜘蛛的逻辑粘住了,我被它邀请和一视同仁了,它奖励了我一个古老身份,一个和文明无关的洪荒身份……这是值得大声欢呼的。

当然,这有非分之想的成分。在北京这座大城市的腹部,向一座人工园子索取更多野趣,无论如何显得矫情。

2

这个细节还激起了我对"野性"的遐想。

何谓野性呢?为何人们一边毫不犹豫地清剿着身边最后一抹野趣,一边又憧憬着"可可西里"、"罗布泊"式的荒凉?

美国环境学家霍尔姆斯·罗尔斯顿说:"每一条河流,每一只海鸥,都是一次性的事件,其发生由多种力、规律与偶然因素确定……例如,一只小郊狼蓄势要扑向一只松鼠时,一块岩石因冰冻膨胀而松动,并滚下山坡,这分散了狼的注意力,也使猎物警觉,于是松鼠跑掉了……这些原本无关的元素撞到一起,便显示出一种野性。"我觉得,这是对野性最好的阐述。野性之美,即大自然的动态、偶发和未知之美,它运用的是自己的逻辑,显示的是蓬勃的本能,是不受控制和未驯化的原始力量。它超越人的意志和想象,位于人类的经验和见识之外。

在北京,有一些著名的植物景点,像香山的红叶、玉渊潭的樱花、北海的莲池、钓鱼台的银杏……每年的某个时节,报纸电视都要扮演花媒的角色,除渲染对方的妖娆,还叮嘱寻芳的路线、日程、方案等细节。比如春天,玉渊潭网站的访问量就会激增,关于早、中、晚樱的花讯,像天气预报一样准。美则美矣,但这种蜂拥而至的哄抢式消费,尤其是被人工"双规"——规定时间、规定地点的计划性绽放,再加上门票交易环节,使得这一切酷似一场演出……除了印证已知,除了视觉对色彩的消费,它不再给你额外惊喜。所以,这些风物我涉猎一次后,便没了再访的冲动和理由。

日子长了,诸景在北京人心目中,便沉淀为一种季节印象,甚至代指起时间来,如很多文章开头会写:"当香山枫叶红了的时候……""玉渊潭的樱花又开了……"这样的花开花落,呼应的是旧闻和经验,精神上往往无动于衷。

种植型风景,本质上和庄稼、高楼大厦一样,属人类的方案产品和预定之物,乃劳动成果之一。它企图明晰、排斥意外、追求秩序和严谨,如玉渊潭樱树,每一株都被编了号,依品种、花期、色系、比例,分配以特定区域、岗位和功能,总之,这是一套被充分预谋和策划的美学体系,像鸟巢升起的奥运焰火,其"盛世"颂语早就被一笔一画灌注在了火药配方里。一个人注视绚丽焰火,和瞥见天际流星,感受截然不同,前者是工程之美,后者属野性之灿;前者你可以夸奖张艺谋,而后者的导演是大自然界,你无从感激,只会对天地萌生敬意。

荒野的最大特征，即独立于人的意志之外，它和文明无关。

有一次，指导闽台合作一档电视旅行节目，用我的话说，这是一个逃离都市的精神私奔者的系列故事。其中一期是云南，有一镜头：台湾主持人在路边摘了一朵花，兴奋地喊：野玫瑰！我说：你若能发现一朵"不知名的花"就好了。说白了，一个带观众去远方的背包客，我希望她走得再狂野和不规则一些，能采集到大自然的一点野性，能邂逅更多的未知与陌生，如此，才堪称"在那遥远的地方"。远方的魅力和诱惑，即在于其美学方向和都市经验之相反，而玫瑰一词，文气太重，香水味太呛鼻了——它顶多会让我想起情人节、酒吧或花店，它甚至扼杀想象。

3

我们眼中的"世界"是什么样子的呢？

对一普通人来说，环绕身边的，几乎全是人类自己的成就：城乡、街巷、交通、社区、学校、医院、规则、法令……其实，世上还有一种成就，即"大自然的成就"：山岳、湖泽、沙漠、冰川、生物、森林、矿藏、气候，甚至人本身亦是大自然的成就之一。遗憾的是，21世纪的人类，正越来越深陷这样的处境：我们只生活在自己的成就里！

这一点，留意下身边即可被证实，除了农田和牧场，几乎所有地表都像书封一样被覆了膜，或水泥或沥青或瓷砖。在北京城，你几乎凑不齐一盆养花的泥土，除了专职绿地，连一片自主呼吸的裸地都难找。这些年，蝉鸣稀疏，即因为大地被封死了，蝉蛹无穴可居，无地气可养。原生态的自然初象，在人类的主流栖息区，已难觅其踪。我们似乎总难遏制这样的欲望：在所有的自然成就之上覆盖以人类自己的成就！此游戏就像小孩子朝树上刻名字。比如乐山大佛、龙门石窟、泰山崖刻，比如高山索道、观光缆车、张家界肩扛的贺龙公园，也许人类清楚，唯自然才永恒，所以凿山劈崖、以石塑身，借大自然的成就——彰显自己的事迹。再比如发生在长江三峡、雅鲁藏布江、喜马拉雅山、南北极乃至月球上的事……无非是旨在"鬼斧神工"上再加一把人类自己的斧子。

我们似乎坚定地以为，所有的自然成就皆为人类成就的基础和原料，皆为人类生产力的试验场。如今，绝大多数动物，已进入人类——这种特殊动物的笼子或牧栏，唯极少幸运者，仍栖息在纯粹的大自然成就里——而寄存这项成就的荒野，正愈发萎缩，逃往极度虚弱的边缘。"可可西里"即一个招魂的象征，它意味着远方、神话、美丽和寂静，也意味着孤独、凋零、诀别与尾声。

我想，人类也许还有一种成就的可能，亦堪称最高成就：保卫大自然成就的成就。

只是，留给人类建功的机会和时日，恐怕不多了。

4

"飓风、雷暴和大雨已不再是上帝的行动，而是我们的行动。"比尔·麦克基本在《自然的终结》中说道。

有则电视广告，主角是一只快被淹死的北极熊。擅游的北极熊会溺水？是，因为无冰层可攀了，再过二十年，北冰洋将成为北水洋，只剩下水，无情之水。科学家预测，按现今温室速度，乞力马扎罗的雪将在十几年后消逝，对这座伟大的赤道山来说，那抹白色披肩不仅是"在野"之美,也是神性象征。在我眼里,这悲剧不亚于马克思被剃了胡子,没了它,伟人的尊严和标识荡然无存,那会是另一个人,谁也不敢与之相认了。2009年10月17日,印度洋岛国马尔代夫上演了一场被称为"政治行为艺术"的悲情剧:总统纳希德和14名内阁部长佩带呼吸器,在六米深的海底举行了一次内阁会议。研究报告称,若全球变暖趋势不减缓,本世纪内,这个由1192座小岛组成的国家将被海水淹没。此举一个多月后,喜马拉雅山也上演了类似的一幕:出于对冰川融速的忧愤,尼泊尔总理与二十多名内阁部长,戴着氧气罩,空降在海拔5242米的珠穆朗玛峰地区,不远处,正是各国登山者冲击峰顶的大本营。而几天后,在丹麦哥本哈根,在这届被称为"拯救人类最后机会"的全球气候大会上,一位斐济女代表在演讲中失声痛哭,因为她的家乡——那个以碧海蓝天和棕榈树著称的岛国,已四面楚歌、岌岌可危……

这些都是人类成就杀死自然成就的显赫事例,而隐蔽的个案,即每天发生在眼皮底下的常态细节:减损的湖泊、荡平的丛林、削矮的山头、人工降雨和催雪、被篡改结构和成分的土壤、时刻消逝的物种——就在人们热望大熊猫、藏羚羊、白鳍豚这些明星动物时,大量鲜为人知的生命体,正黯淡陨落。若有上帝,恐怕每天都在忙于一件事:主持死难物种追悼会并敲响丧钟。

其实,在情感和审美上,现代人并非歧视自然成就,恰恰相反,人们酷爱大自然,像张家界的旅游口号即"来到张家界,回归大自然"(所以我对那个贺龙公园的创意感到惊愕)。我们把离开自己的成就去拜谒大自然的成就,叫"旅游"。对于荒野,大家更是心仪,那么多人被野外观鸟、西域探险、尼斯湖怪兽、普罗旺斯传说、汽车拉力赛搞得神魂颠倒,甚至绞尽脑汁地复制与虚拟,比如越野车"有熊出没"的图标,比如高尔夫和沙滩体育,其最大诱惑即在于提供幻象,让人误以为自己是在野地里玩耍——即便是伪造的"野",也令人亢奋。

只是人类的另一种能量——物质和经济欲望、征服和掘取欲望、创造和成就历史的欲望、无限消费和穷尽一切的欲望,太强烈太旺盛了。这导致人们一边争宠最后的荒野,一边做着拓荒的技术准备;一面上演着赞美与愧疚,一面欲罢不能地磨刀霍霍。这种身心矛盾和精神分裂,情形上就像戒毒。

比尔·麦克基本在《自然的终结》中说:"我们作为一种独立的力量已经终结了自然,从每一立方米的空气、温度计的每一次上升中都可找到我们的欲求、习惯和贪婪。"

从"香格里拉"情结到"可可西里"现实,精神上的缥缈务虚与操作上的极度实用,自然之子的谦卑与万物君主的自诩……人类左右开弓,若无其事地刮自己耳光。

5

在人类的世俗辞典中,"野地"一直被视为生产力的死角和"文明"的敌对势力。的确,肉眼望去,野地杂乱无章,不承载任何生计资源和经济利益,故人们一有机会即铲除它,像一个农民,瞅见庄稼地有杂草即不舒服,即欲拔之,这堪称"文明的洁癖"。该洁癖的后果,即我们的生活视线内,尽可以有精致的绿地、苗圃、植物园,却不能容忍一块天然野地。

人们常常将土地和野地混为一谈。土地是玉米、冲蚀沟和抵押生长的地方，而野地是自然的性格，是自然的泥土、生命和天气的集体和声。野地不识抵押，不识各种机构……贫瘠的土地可能是富足的野地，只有经济学家才会将物质的丰饶等同于富足。（阿尔多·李奥帕德《沙郡年记》）

是啊，该换一种更辽阔更积极的眼光看野地了。

当然，野地应有它正确的位置，尽量不要与环境美学和人类的文明体系相冲突。比如，若天安门广场故意留一块野地，我想，连最极端的绿色主义者都不会赞成，因为没有功能和意义。但若它出现在京郊的密云、怀柔或延庆，那价值可能性就有了。

从北京的中央商务区出发，向西南开车不到两小时，即周口店猿人遗址，"北京人"头盖骨化石即发掘于此。在那儿，你会用肉眼确认一个教科书上的事实：野地才是人类的故里。繁华的北京，连一根杂草都难找到的都市，可几千年前，它有个野性的名字——"蓟"。何谓"蓟"？《本草纲目》有记，一种叶齿锋利的野草。我个人以为，承认自己是猴子变的，承认自己是大自然的成就，深信并时常念叨这一点，对人类的精神和伦理成长很重要。我略感遗憾的是，周口店只给祖先保留了洞穴，却没有一片真正的荒凉与之匹配。山洞给人的印象，与其说是猿人故居，不如说是考古车间，你觉不出原始空间的荒凉、祖先的体温和气场，原因即周边缺少野地，或者说野得不够，使它和文明之间缺少一堵天然屏障，现代元素的干扰太多了。其实，中国最具现代性的都市，若毗邻一片相对纯粹的荒凉，无论从景观美学还是生态记忆上看，这种映衬和互补，都是一种优秀的环境理念和追求——自然成就与人类成就的珠联璧合。

6

我以为，野地有两种："乡野"和"荒野"。

那种小额的、与文明为邻的、可接纳人类考察和访问的野地，谓之"乡野"。乡野有个重要的美学功能，即它可成为城市文明的镜像——就像一个异性伙伴，作为距人类成就最近的自然成就，它能给人带来异体的温暖、野性的愉悦、艺术激励乃至哲学影响。

> 这些山脉的能量不仅流注到我们的物质生命中，也流注到我们的精神生命里。这湖边的荒野上，既有我的孤独，也有我与自然的互补。个人在荒野中最负责任的做法，是对荒野怀有一种感激之心。（霍尔姆斯·罗尔斯顿）

> 我们生于一个野蛮、残忍，同时又极美的世界。我珍视这样的渴望，即有意义的成分将居主导，并取得胜利……有这么多东西满溢我的心：草木、鸟兽、云彩、白昼与黑夜，还有人内心的永恒。我越对自己感到不确定，越有一种跟万物亲近的感觉。（卡尔·荣格）

我想，这种"跟万物亲近的感觉"，即重新确认自己属于大自然——把自己送回去，把精神和骨肉送回大地子宫——唤醒生命的本来面目和自然身份——进而与世界团圆的感觉。相反，一味推崇人的社会属性和文明高位，犹如无本之木、无源之水，会导致生命与母体在灵魂上失散，人与万物在精神上脱钩。

那么,何谓"荒野"呢?

荒野是一种广袤的独立于文明之外,有洪荒和永恒品格的处女地。那是纯粹的自然成就,人类尚未染指,其基本形态和内在逻辑与亿万年前没甚区别。在人类语境里,它有一个略带贬义的称呼——"无人区"。文明诞生前,世界皆荒野,猿祖仅是寄生其中的普通一员,和草丛中的蚂蚱无异。直到人类身份确立,开始了拓荒运动,荒野才有了独立涵义,并作为"文明"的对峙价值和反向力量而存在。如果说荒野是人类的故乡,那文明则是荒野的天敌。正是文明所代表的人类利益,不断围剿和削减着荒野,将之推向遥远天际,推向落日的地平线。

荒野乃排斥"人间"的一个词。它有着洪荒的寂静与安详,代表着上帝原配的秩序,运行着史前的逻辑和原理。它拒绝道路,拒绝时间和语言,拒绝领土概念和归属之争,拒绝地图、民族和政治(若人类不打算剥削它,其政治归属就毫无意义。"版图"、"领土"只对占领和统治等功利欲望才有价值,纯正的大自然则无视这些,就像一只海鸥和鲸鱼不会有国籍)……它拒绝一切文明的因子,只承接人类的想象、暗恋或敌视。连"可可西里"都算不上及格的荒野,因为在那儿,正频繁出没着它的破坏力量和保卫力量——严格地讲,保卫者也是其天敌。

正像霍尔姆斯·罗尔斯顿所说:"荒野中没有英语或德语,没有文学或交谈……既没有资本主义也没有社会主义,既没有民主也没有君主专制。荒野中无所谓诚实、公正、怜悯或义务。荒野中也没有什么人类资源,因为资源像靶子或害虫一样,只有当人们某种兴趣被唤起时才存在。"

7

荒野如此独立,执行着如此自我和内在的尺度,对人类又这般冷漠,那它还有积极的价值和意义吗?

当然有,它保留着地球亿万年的密码、基因和神奇,它是一切生命的图腾和母巢,它存在的合理性远大于我们和我们的想象。

试听一下霍尔姆斯·罗尔斯顿的声音吧——

> 这里有光与黑暗、生与死。这里有几乎永恒的时间,有存在了二十亿年的一种遗传语言。这里有能量与生物进化……这里有肌肉和脂肪、神经和汗水、规律与形式、结构与过程、美丽与聪明、和谐与庄严……荒野是生命最原初的基础,是生命最原初的动力。

这是个浪漫的回答。也只有这种浪漫,才配得上回答,才敢于和能够回答。这是实用主义和技术主义难以理解的。罗尔斯顿使用的是一种突破人类边界的"大地伦理"——它不再以人类利益和价值观为尺度,不再考虑人类得失,不再引入争议和谈判,甚至不再运用证据和知识,或者说,它认为荒野乃上帝之物,有着天经地义的神性价值和自在意义。

爱德华·阿贝说:"你可以认为地球是为你和你的快乐准备的,但若连沙漠也是你的,它为何只备很少的一点水?"人们常悲愤地追问为何一些王朝和古堡在沙漠里悄然蒸发了?其实真相并不神秘,只需请教一下那些土著——比如胡杨树和骆驼刺即可。像人这样大消耗量的种群，之于资源匮乏的沙漠，本身即负重超载，沙漠并不支持其大额存在。任何部族的消亡都死于自身的迷途和误入，无论它怎样一度兴旺，也只是错觉，它已透支了未来。

在这个世界上，有些资源并不供人消费，也无须人类命名和确认。像日月星辰一样，它们有自在的意义、目标和使命。人最恰当的态度，就是以远眺的方式保持敬畏和憧憬；而人唯一获得的，就是一片原始圣地在内心激起的美好情愫和宗教暖意。

8

按有限消费与合理需求的原则，人类的"拓荒时代"早该结束了，早该进入"护荒时代"和"崇荒时代"了——即以捍卫自然成就为自身成就的时代。

我们晚了吗？

是的，有点。

因为我们不仅超额完成了"拓荒"，还干起了"灭荒"的勾当。

看看这个时代吧，我们已不仅将荒野放逐天涯即收手，还赶尽杀绝，欲将整个地球包括大气层都变成沸腾的"人间"。也许我们并不想如此，但事实上正不折不扣地这么干着。有探险者在沙漠中遇难了，我们在其倒下的地方竖一块碑，刻几行字，既表彰人类的勇敢，也算替同胞复仇——在我看来，这碑和一只乱扔的饮料瓶没区别，它们都侮辱并杀死了荒野的纯度。

眼皮底下，我们如火如荼的文明和蓝图，几乎消灭了所有的乡野。

而在远方，我们的征服欲、好奇心、成就感，正让荒野奄奄一息。

"如果一个国家毁灭了其98%的天然荒野，却还在打余下的2%的主意,在想这点荒野是否太多余了的话,那这个国家的价值观真是发疯了。"霍尔姆斯·罗尔斯顿说。

有组不伦不类的词,叫"征程"、"进军"、"开拓",除誓师大会,每次朝未知领域出发,人们都会像挥斧一样舞动这些词。人类语境中,它们似乎永远高尚,代表着正义的擒获、真理的探取,但就是这些词,却暗含杀气腾腾的掳掠意味。

我们所有行动的出发点,皆在于把自己当成地球上唯一的合法业主,事实上,这正是人类怒斥的王道威权和纳粹主义。从大自然系统中抽身出来,封许自己至上的生存特权,这是人类最沉重的精神堕落。文明的悲剧,即始于此。

我们现在所干的一切,我们的挥霍水准,差不多是以一千个地球为假设库存和消耗前提的,但事实是:只有一个地球!

9

再过几十年或上百年,纯粹的大自然成就还有吗?

若地球只剩下人类的成就,只剩下人类自己生儿育女,那一定是最卑劣的成就、最丑陋的儿女。

> 我们不想牺牲天然的多样性以换取有序,不想以牺牲精彩的自然历史来换取系统性。我们要的是带有偶然性的恒常性。野性似乎有显得混乱,从而影响自然历史成就的危险,但这最后的荒野,恰恰增强了自然历史的成就,并给新的成就加上了一种兴奋。
> (霍尔姆斯·罗尔斯顿)

说人类意识不到危机,是不公平的。但危机之下,那些僵持的谈判与激烈的争吵又显得不可理喻。争吵的原因,不外乎地区私欲和政治博弈,不外乎资源的控制与瓜分、责任的推卸与转嫁。这些年来,从围绕《京都议定书》的种种扯皮到"哥本哈根大会"面红耳赤的撕咬,都让人类的西装领带和所谓的"文明"蒙羞。

面对巨量的物种消逝,埃利希夫妇曾哀泣:"地球是一艘由人类驾驶的飞船,物种是这艘船上的铆钉,使物种灭绝,犹如恶毒地把铆钉敲掉。"虽然我不同意"人类驾驶"之喻(我认为是上帝驾驶或无人驾驶),但地球万物搭乘唯一的"生存共同体"和"命运共同体",则是事实。不同的洲际、民族、国家,也许分处不同舱室和床位,但船只有一艘,前途只有一个,任何只顾舱位不顾船体的私欲,都是愚蠢而可悲的。

二十年前,《自然的终结》一书的作者写道——

> 如果有人对我说,2010年世界将发生极其不幸的事,我会在表面上显示关切,而潜意识里把它撂到一边。

10

惠特曼说:"每当我遇到极为悲痛和苦恼的事,总是等到夜晚,走到户外星空下,以求得无声的满足。"

而星空,正是天上的荒野。

我常觉得,世人的烦忧,也许在于太倚重"人间逻辑",太在意文明和习俗编撰的游戏程序,太迷信那些鼓吹价值观和伦理观的生活小册子了，所谓成败、正反、得失、荣辱、功过是非、幸与不幸……我理解川端康成的那句话："如果一朵花很美，那么，我就有理由活下去。"我觉得这是跳出了"人间"、"世事"框架的彻悟，他突然意识到了生命的另一身份：花朵身份，生物身份。他意识到了自己的"小"，和草木鸟兽一样的小小的自然身份。正是这种触地接壤、和泥土交融的感觉，让灵魂如释重负，不用再在如风世事中荡秋千了。

我凝视过一些古老的树。我早年念书的地方——山东曲阜有2500年前的柏树，每次用掌心去抚触沧桑的树皮，感受其体温，揣摩其内部的年轮，我都隐隐动容。想想看吧，这样一棵树，它足以看着人类从幼儿到成年，从摇摇晃晃的学步到傲慢的航天发射……无数的时空，全部的文明，所谓的博大精深的事物，都在一棵树的眼皮底下发生，犹如荒野中一群直立动物的玩耍。就像折子戏，你方唱罢我登场。再重大的历史，在一棵树眼里，也和一群顽童玩狗尾巴草无二……每想到这儿，我即觉得体内悄悄发生着变化，有一种倏醒、激活和畅通的感觉。古代、现在、未来——阻断的线路突然接上了，某种电流正驶过你，离生命和时空的真相越来越近。不用多余的言说，不用表达你的获得，而你明明获得了。

11

很多时候，"野地"能提供生命的另一种向度，一种超越时空和经验的能量。那是一个清静而安详的空间，和亿万年前没大区别。越往深处体味它，它对你的滋养和浸润越浓，那种古老和原始给你的震惊越大……当你重返"人间"时，肉体和精神往往焕然一新。

1792年7月2日，黑格尔在给女友的信中说："我时常逃向大自然的怀抱,以便在这儿能使我跟别人——分离开来,从而在大自然庇护下,不受他们的影响,破除同他们的联系。"

黑格尔投奔的,无疑是"乡野"。

想想那样一幅画吧:在虫鸣草寂、树叶飒飒的空旷中,生命的原初感、清晨感、婴儿感——骤然睁眼。尘嚣被远远抛开,个体的宁静、精神的自由、灵魂的纯真与谦卑——重新回归人体。无论沐浴感官,还是唤醒脑力,野地都是高能量的磁场。

想一想这些,或许,我们会对世界更加热爱,对生活更加眷恋,会打消各种愤懑、狂妄、诅咒、绝望或自杀的念头罢。

想一想这些,我们会对宇宙有更神性的理解,内心会进驻更多的光,会更好地理解时空、社会、文明、信仰、矛盾,从而更好地设计和安置个体的人生,伟大而渺小、珍贵而卑微的一生。

缪尔说:"走向外界,我发现,其实是走向内心。"

— 2009 年

20

"恐龙胃"与"物理人生"
—— 兼论信仰伦理于绿色生活的意义

> 大多数人的不幸并非他们过于软弱,而是由于他们过于强大——过于强大,乃至不能注意到上帝。
>
> ——克尔凯郭尔

1

几年前,一位政策研究室的朋友对我说:基层官员为何那么嗜吃喝?为何腹欲如此强烈?除了"集体同吃"能避免个贪之嫌,不被纪律追究外,关键是穷惯了、饿怕了——要知道,现在这批占据部门要职的干部,大都四十岁以上,多是"三年自然灾害"的受害者,故对食物的欲望一直旺盛得很,执拗得很……

朋友的话不无道理。中国人确实被穷怕过、饿坏过,但对食物的疯狂摄取,仅仅是一种对饥饿身世的矫枉过正?变态的吃喝风可简单视作对长期亏损之胃的怜惜补偿吗？若仅仅如此，仅属一种生理上的"补亏"，倒也乐观：只要经济提升了，物质丰裕了，"恋食症"即自然痊愈。可事实远非这般简单，若把超常无度的饮食挥霍仅仅归咎于一个族群的贫困史和饥饿史的话，又该如何解释南方省份那些令人瞠目的"饕餮宴"、"恐龙席"呢？

媒体曾报道：深圳一天吞掉数十吨蛇。如果说深圳食蛇已成标志的话，那海南则流行吃鸟。多年下来，原本丰饶的海南翼族已被杀得片羽无几。事实证明，在高富裕人群中，人生欲望的"口腹"化倾向非但没减弱，反而愈加膨胀。

资料显示，世界最大的野生动物消费场在亚洲，尤以澳港粤为盛。在中国菜的名录上，你尽可以找到猴脑、熊掌、蛇胆、鹿血、穿山甲、大蜥蜴、扬子鳄……正像顺口溜说的，"天上飞的除了飞机不吃，水里游的除了轮船不吃，四条腿的除了板凳不吃……"在外人眼里，这简直疯了，简直是饮食恐怖主义。

难怪有人说：中国，拥有世界上最深不可测的胃。

那简直不叫胃，而是最大的动物坟墓。或者，应称之为"恐龙胃"罢。

推杯换盏、划拳猜令、呕物狼藉、残羹剩饭……确属中国生态的一大标志景观。不仅官场，百姓间的私人交往亦如此，只是消费价码略低而已。从团体名义的工作招待，到民间身份的婚丧嫁娶、节庆朋聚，哪个少得了觥筹交错、杯光筷影？哪级行政没有自己的"接待中心"？哪家单位的账本没有一笔"招待费"？情谊、关系、面子、买卖、批文、贷款……尽可以吃出来，喝出来。中国人的生命豪迈、能量、谋略、胆魄和激情，似乎唯在举杯撞盏的刹那才石破天惊地迸溅出来，似乎只有在酒精的升腾中方可抵达人生的沸点。西方也有腐败，也有不正当交易，但大都远离饭局，即便生活小聚，也风格简易。

早几年媒体披露：北京和广东的商人比阔，曾一掷数十万订一桌酒席，直至店家举不动价牌为止……这种石崇斗富的奇观让人咋舌，更令人不解的是，此即事业成功、人生辉煌的标志？

这样纸醉金迷、花天酒地的烧钱，相信绝不会发生在洛克菲勒们的身上。事实上，西方那些比我们阔得多的富人，常常过着一种朴素、节制的生活，其人生业绩主要投注在创造财富和纳税额上，同时，还要把很大一部分资财转移到别人身上，比如高额的收入税、遗产税，比如无偿地捐赠教会、资助公益、设立基金等。据几年前的一份统计，美国每年的社会捐赠，大约有 1400 亿美元以上，光慈善基金会就有三百多家，而每个基金会的经费，动辄几十亿……有人指出："美国人无疑在权利观念上是最极端的个人主义者，但在道德观念上恐怕是最典型的'公共主义'者。"（袁伟时《路标与灵魂的拷问》）据国际组织"世界价值调查"1990 年的统计，82% 的美国人至少为一个（平均 12.4 个）公益机构提供过志愿服务，这个比例在德国为 68%，加拿大为 65%……

何以如此呢？这除了基督教的平等、博爱、出让等教导精神，更与公民社会对权利与义务的理解、自觉承担与共享意识有关，与其价值文化中的某种超功利目标有关，与其对社会的满意程度、生命体验的审美方向有关。

事实上，中国人的生态欲望一直呈两股奇怪的情状：一方面是健康欲望的萎缩、正常理想的遭冷漠和受抑制，比如婚姻、性、言论表达、个体选择、自由意志等。另一面却是不合理需求、畸形欲望的膨胀与张扬，比如饮食。西方提倡的是营养，注重的是环保和资源有限性，主张一种节约型、适度型、便捷型的餐饮方式，原则上"够用"

即可，像自助餐和分餐制，绝不剩余和浪费。而国人重视的乃花样繁多、规格排场，内容上更是讲究山珍海味、珍馐奇料——吃本身不重要，重要的是如何吃，吃什么。吃，不仅满足生理之需，更反射着主人的炫耀心理和社会欲望；胃，兼具"大脑"和"脸面"的特殊功能。

东西方的食量和食谱差异，绝非饮食文化的"单调"与"丰富"所能厘清，只能从价值观、生命信仰和审美气质上去检索。

仔细打量即发现：中国人的情感联络方式和权力腐败形态，差不多全是物质型的。像"一年白酒消费逾西湖水量"、"一年公款吞掉几艘航母"之类的事实，即典型的腹欲成果。所以，反吃喝也成了反腐败的要紧事，"清正廉洁"这块匾要从官员的嘴里、胃里往外掏。不过，反吃喝也反出了些啼笑皆非：一位省领导到县区视察，嫌酒宴奢华，勒令换自助餐，可小县根本没这洋玩意儿，于是趁首长畅谈"廉政须从管嘴做起"的当儿，县令急忙令警车开道，远赴百里外的市区大饭店调餐具和厨师……已备的酒宴呢？好办，全泼进了猪槽。这等事以西方人的智商恐怕要给弄傻的。

中国人，你为何只想到吃？为何对自己的胃那么眷顾，于头脑却漠不关心？想想"四大发明"的火药，到头来也只填了烟花竹筒，指南的磁勺也只排遣了后宫的寂寞；想想一百年前，大清朝算见过世面的李鸿章中堂，竟也二话不说将英国公使送的名犬"派"进了厨房……

或许，我们的生命实在太"生理"了，实在缺乏更辽阔的审美想象，视野唯碗口大小，眼光也只有筷子长度。或许，什么时候，中国人把气胀淤重的胃给疏通好了，神智才有望变得健朗而清明，人文现代化才真正启蒙罢。

毋庸讳言，国人的欲望结构和消费形态，皆严重地"物理化"、"珠算化"，生命品格中罕见更纯净的精神审美和超功利目标。口腹之嗜，暴露的是人生的物质化崇尚（食，不过是拜物之最浮表形式）——或许可谓之"生理人生"、"物理人生"、"算术人生"罢。而这，与是否"温饱"、"小康"并无决定性因果关系：一个人潦倒时，对金钱与食物无比吝惜和疯狂追逐，而发迹后，其挥霍与炫耀方式，同样沿袭对物的眷恋和迷信——贫态呈现的是"拜物"，富态彰显的也是"拜物"。在这样的生态文化中，不知不觉，人的成功标志即对物和权的占有程度（权，也是一种物化能量，一种控物能力）。

生命注意力、精神重心、人生面貌——皆全方位地物化，为什么？

恐怕与现代理性和宗教精神的匮乏都有关。我们的宗教资源向来稀薄，更缺乏健康而整齐的现代理性系统。而一个族群，一旦少了宗教意绪和理性规范，少了对生灵的普遍尊重和对自然的审美习惯，物质嗜性便失去了牵制，欲望便失去了底限。

2

在对自然和饮食的态度上，西方人能做到谦卑与节制，一方面源于现代理性和生命美学的熏陶，一方面得力于传统的宗教关怀意识。

从社会思潮的变迁看，19世纪以降，随着工业革命、进化论、生产力主义的高涨，西方文化继"人本"之后大肆流布起了"人类中心论"（对大自然来说，"中心论"即人类集体的利己主义："世界皆为人设计"、"万物皆备于我"）。它最大限度地调动了人对自然的统治欲，在刺激人类物质生活和工具生活的同时，也深深影响着社会的灵魂结构。"自然史上从来没有过像今天这样，一种生命形式威胁着这么多别的生命形式"（霍尔姆斯·罗尔斯顿）。

但20世纪以来，在目睹了一系列生态灾难后，"胜天"的狂妄受到了质疑，愈来愈多的人意识到：过分强调自然对人类的使用价值，不仅在伦理上不公，且意味着一种可怕的价值误区："中心论"试图将人从自然家族中分离出来——并奋力推向高端和孤境的行为，很可能是自欺与虚妄。大自然有其天然的能量系统和生态法则，任一部位的劳损和物类的受伤都能引发全身的溃变，人类其实什么都战胜不了，每次所谓的"征服"，都是对自身的重创和削弱，都是自虐行为。于是，西方理性开始了对工业时代和物质主义的反思，抗议物对生活的压迫、工具对人的异化，并生长出了一支新的精神资源：大地伦理。

"任何事物，只要趋向于保持生物共同体的完整、稳定与美丽，它就是对的。否则，就是错的"（奥·利奥波德《大地伦理》）。这意味着，人的精神触角已不再仅从族群内部系统寻找和确立价值准则，它突破了"人本"界碑，向平等的万物秩序挺进——由此推翻了以"人"为尺度的传统判断模式，使生态学变成了一种最广泛的生存伦理学，一种富有"宗教感"的生命关怀信仰。20世纪中叶以来，各种生态机构、自然保护组织、环境基金雨后春笋般生出，正是这一伦理的诉求体现。

而迟迟才步入工业时代的中国，只顾埋头享受生产力带来的初级实惠，只顾惊羡技术的威力，并未顾及西方这场润物细无声的价值变奏。

更需重视的是，"大地伦理"在西方的深入人心，并非仅是理性反思的结果，亦非仅人类自保心理和"利害相较"所致，起主导作用的，仍是西方文化中最具根脉意义的宗教精神。

"大地伦理"的守护神即宗教伦理。宗教是一种类似儿童、妇女和老人的智慧,她教人懂得敬畏、感激与体恤,小心翼翼地善待一切,尤其是弱势对象……无论基督教还是佛教,其精神都有一个共核:倡导物种平等和最低消费原则,倡导生命间的关爱、承让和能量转化,倡导对欲求的节制,倡导万物和睦……这些恰好构成了对物质主义、人本消费主义的一种文化抵御。"如果说有什么东西即使在我们这个时代也能起保障社会的作用,甚至使罪人得到改造,那就唯有反映在人的良心中的基督法则"(陀思妥耶夫斯基)。克尔凯郭尔也说:"多数人的不幸并非他们过于软弱,而是过于强大——过于强大,乃至不能注意到上帝。"

今日西方,历经几世纪的改革和文明洗刷,基督教逐渐疏远了它古老威权的全能性和世俗性,实现了从权力形态向纯粹精神形态——从"实体"的历史格式向"意绪"的心灵格式之转化,其教义也从冷酷的"原罪"和"禁欲"走向对健康人性、公共美德和心灵秩序的诉求上来。借助它,人们更多地完成着一种对善恶的最高确认,对理想人格的寻找与塑造。由于世俗性的减弱,"上帝"概念不再发挥工具意义上的历史作用,它愈来愈变成一种精神角色,一种神性光芒下的人文关照,一种重视生命、呵护灵魂的福音与能量……这是一个从严厉走向温存、从苛刻走向宽容、从威慑走向抚爱的历程。

正是由于基督教的这种变迁,她才与现代生命美学构成了和谐的"经纬"关系,共同编织着今日西方的信仰文化和生命伦理。神性,有力地弥补了知识理性在灵魂事务上的不足。

或许有人问:即使没有宗教,单靠法律、制度、教育等理性能量,就维系不了一个和谐的生态社会吗?

前景不乐观。比如在动物保护、整治排污、严禁滥伐和过度开发上,虽然我们在舆论和监管上使出了浑身解数,却收效甚微。无论科学游说还是严厉制裁,似乎都难从根本上遏制人的贪婪。

科学是崇尚实用的,其使命乃维护人的主体利益和开发更多的使用价值,不仅未从根本上动摇"人本"功利,甚至还夯固了它;而法律更为"人本"产物,是人与人协商的结果,既然属人工契约,那人就有可能随时篡改和弃用它。在社会约束力上,唯一超越科学和法律的即信仰,尤其是宗教信仰。宗教是人对神(宇宙意志)谛听的结果,反映的是最原始的心灵契约和精神秩序,它传达的并非人群意志,而是神之律令,其尊严乃天然的,无须人工假设或求证。与宗教相比,法律和制度都不具永恒性,只有历史性、地域性和集团性,它们的权威与号召力远逊于宗教。一个人可不承认、不服从法律,但他很难不敬畏宗教的善恶观,不向心目中的"神"俯首。其实,我们不难发现,宗教资源丰裕的国家,对自然的保护,明显优于无神论国家(无论其生产力多么发达)。比如日本,其现代理性和公民文化不可谓不发达,但因缺乏宗教伦理资源,其国民精神中的实用倾向非常强,近来在"捕鲸"问题上表现出的自私令世界震惊。

和法律的强制性不同,宗教伦理的力量在"心",在于灵魂和精神系统。事实提醒我们:唯有在信仰和心灵的意义上,才能真正实现"大地伦理",改善我们的地球和地球上的我们。

现在,尽管绿色概念已深入人心,可细察便发现,我们对"绿"的所有主张和陈述,都停留在对"利弊"、"祸福"的分析与权衡上——比如蔬菜是否残留农药、装饰材料是否对人体有害、吃野生动物是否会染上寄生虫……说到底,这不过是在做一道如何"利己"的算术题和选择题。也就是说,我们的环保价值观,无不以"担心伤己"为心理驱动、以"利害"口吻暗示眼前的危险,同时,我们的行动也源于对"损失"的恐惧:比如急急护林,是因扑面而来的沙尘暴；比如呼吁保护某类植物，理由是它含有某治病成分……可问题是，一旦排除了这种利弊嫌疑，我们将凭何依据来确定对事物的态度？

不难料，若以这种"人类中心论"来制订保护名单和强调紧迫性，非但对真正的保护起不到决定作用，甚至有害：因为人常常会据眼前之需和实惠多少，在保护范围、程度、排名和缓急上拟定一种"性价比"，会通过精明的计算在实用性上进行筛选，从而很容易地找到一种更服务眼前和地方的托辞，最终放弃远大承诺。比如，在建一座水电站和保护一种鱼类之间，决策者会选择前者——并非鱼类不重要，而是大坝"更重要"，更直接地服务当下人。

说到底，我们并没有把"大地伦理"纳入日常信仰，很多所谓的保护不过是变相自恋而已。从这个角度讲，某种保护与某种虐杀并无质别，双方来自同一个"源"——自保和利己原则。

而在西方，这种机会主义价值观，早已引起了伦理和精神的不满。自然哲学家霍尔姆斯·罗尔斯顿在《哲学走向荒野》中说："我们通常关心的不是受威胁的物种，而是受威胁的人类未来……从人类中心论出发寻找保护物种的理由，本质上带有一种剥削性，尽管这种剥削很微妙……人类把其他所有物种都视为铆钉、资源、研究材料或供人娱乐的东西，这就是一种剥削了。仅仅出于对人类利益的考虑而认定物种有无价值，就像一个国家从利益角度论证其外交政策。""人们已经学会了一些物种内的利他主义，现在的挑战是学会物种间的利他主义。挽救物种的功利理由，对于制定政策很有用，可我们就不能揭示出最好的理由，就不能弄清人类义务的全部范围吗？"

是啊，虽然我们发明了"集体主义"、"奉献精神"等利他伦理，可这只是被鼓励在人类集团内部上演的故事，于人之外的事物毫无意义。人们——哪怕俗称高尚的人，也往往只留意对同类的道德，对内部成员所负的责任,却完全忽视了对大地、万物、宇宙的道德和责任……而"大地伦理"的美德在于:它把"责任"探出了人类边界——试图将人类义务的"全部范围"搞清楚!

在对待自然上,若不能摆脱"利己"的欲望纠缠,若没有类似宗教那样的虔敬态度和终极信仰,无论我们在理性知识上如何发达,也只能算临时和保守地处理了人与外界的一种短期关系——一种机会主义的"实用外交"。

3

中国文化中一直深藏着一种执拗的实用和拜物情结。随着儒学的权力化与道家的世俗化,国人的生存精神中愈发缺少一种超功利的、对抗物质人生和私己性的基因。从古典的经世之用到现当代"天不怕地不怕"、"欲与天公试比高"的英雄实践,从政治生产力到技术生产力,无非是对物质主义的一次次阐发。

和欧美相比,中国更多的是政治话语和世俗的物用精神。基督教虽在近代影响过中国,但1870年的天津教案与义和团灭洋运动,都验明着国人对卜帝的误解和恐惧。唯一的本土宗教——道教,却是以炼丹、采补、房术、画符、掐诀为工具,以益寿延年、滋欲纵乐为取向……这种超强的自恋和利己与世界宗教精神已相去甚远。而先民文化中"天人合一"的自然观,也始终未发育成一种普世的生存精神,渗入国人的日常细胞和骨髓中去,顶多作为一种价值幻象,成了少数士人淡漠世嚣的文化掩体。

20世纪,随着政治意识形态对宗教残留及传统文化的猛烈扫荡,国人在世俗精神的路上就再也没障碍了。代之而起的政治伦理,脆弱性显而易见,"唯物论"、"斗争说"非但不抵御实用主义,反而在本质上更怂恿物质精神,鼓励向万物宣战。所以,一旦商业大潮涌至、生产力号角吹响,中国的"俗世"底子立刻敞裸无遗,毫无精神植被的覆盖。一个几乎什么都不信、拼命求实唯物的群体,还有什么禁忌和敬畏呢?上不封顶、下无底限、肆无忌惮、海阔天空的"通吃"即成必然。

饮食上的"无法无天",背后不正是精神上的"无法无天"吗?

—— 2002 年

21

好东西都是原配的,好东西应是免费的

> 林间松韵,石上泉声,静里听来,识天地自然鸣佩;
> 草际烟光,水心云影,闲中观去,见乾坤最上文章。
>
> ——(明)洪应明《菜根谭》

1

我越来越笃信两点:

好东西都是原配的。好东西应是免费的。

近爱翻古人书,如《水经注》《帝京景物略》《夜航船》《闲情偶记》之类,本以为是年龄之故,后醒悟:我太想知道原先的世界是何等模样,太急于在古代攀几位熟人,可随时去串串门,偷得浮生半日闲,来一回精神私奔……总之,我想看看这世间变化有多大,看看不

一样的人生，不一样的活法。

还有，我迷上了古画，尤其是《清明上河图》《南都繁会图》《皇都积胜图》这类市井风情长卷。我看的是画里的人生，我会对一个小人物凝视半天：夹袄疾行的汉子，挑帘张望的妇人，酒旗下打瞌睡的小二，拱桥上抱拳作揖的商贾……我会猜其所有信息，年龄、职业、财路、性格，猜他为何出现在这里？其生存路线图，其梦想、快乐和烦忧……我甚至想，以他的身份，今天会是什么境遇？比如一个挑担的游贩，我忍不住想，这个进城务工人员，会不会被勒令办暂住证？何以躲避城管的驱赶，地痞的纠缠，黑社会的保护费？他租得起房吗？娶得上媳妇吗？能供孩子上学吗？

谁还记得从前的世界？谁还记得生活本来的样子？

天本是蓝的，山本是绿的，河本是涌的，水本是清的，庙本是有佛的，菩萨本是热心肠的，人本是知羞的，猪本是自然长大的，房子本是连地皮的，娃本是想生就生的，燕雀本是登堂入室的，承诺本是值千金的，商铺本是童叟无欺的……

这些自然元素、风物资源，这些生活原理、道德逻辑，皆为世间"原配"，乃上天早早给人设计好、配置好了的——作为祖业和古训，作为安身立命之本。就像中医里的方子，怎么兑、如何煎，早就酝酿好、交代齐了。

遵循即获益。

古人还有个伟大共识：露天的事物、街面的东西，皆理所当然、天经地义地被视为阳光下的公产，没人会瞎琢磨、动邪念。比如路是免费的，桥是免费的，饮水是免费的，进城是免费的，如厕是免费的，烧香许愿是免费的,拴马歇轿是免费的,击鼓喊冤是免费的,寻人问路是免费的,山色湖光、游山玩水是免费的……

东西越必须,越珍贵,越需要免费,越值得免费。

渐渐,你会发现,无论山岳江河还是市井习俗,无论风物万象还是生活美学,只要不去干预和涂改,只要保存和延续到今天,就是有价值、受器重的,就成了珍贵的物质或非物质文化遗产。这,说明了什么呢?

只能证实一点:人类对自然犯了错,对生活犯了错。

我们用五十年推翻了五千年。

2

世界尚存多少原配?人间还剩几许古意?

我们改变了山岳的形貌,改变了河流的习性,改变了季节的脾气,改变了几千年的常识和老理……我们拼命地往地里灌农药化肥,往饲料和食物里投添加剂,还有什么"转基因"、"太空种子"、"辐照食品"……我们把人之外的东西吃了个遍,把大地翻了个底朝天,盗出最贵重的珠宝,然后埋下垃圾。

像窃贼、像匪徒,我们扑向所有的乳房,把她们吸瘪、抽干、榨尽……在贪欲面前,地球已毫无秘密,藏不住任何东西。

我们消灭了"原配"和母体,颠覆了古老与经典。我们在混乱的逻辑中挣扎,以更大的亏损去生产,以更大的消耗去收获,以更大的破坏去修葺……

天地的质与本,上苍配给生命的天然元素和神圣契约,被消解了。我们离造物主颁布的秩序和法则,越来越远。

自从发明了空调和暖气,我们连春夏秋冬都不想要了。有中医告诫我:夏天你一定要出汗,冬天你一定要知冷。

没错。身体是有原始记忆和密码的,它和大自然有约定——百万年前就约好了。它耐心守候寒暑轮回、时序更替,若对方迟迟未临——如同约好了人,苦苦翘首却不见其影,那悲愤可想而知。日子久了,它即紊乱即自暴自弃,以生病惩罚人的毁约,报复世界的失信。

所以,现代人身体多为病体。

没有山,只剩下矿山。没有河,只剩下河床。

守着一点点"原配"的残羹,人搬个板凳,开始吆五喝六地收费。封山、封湖、封岛、封户、封寨、封庙、封城……那么多路障,那么多门票,若李白、张岱、徐霞客们高寿至今,要携多少银两出门?有多少人惦记他们的盘缠?他们哪里还会吟诗,只改骂娘了。

我一直以为,山水门票,是人类发明的最丑陋和最无耻的东西。当一张黄山门票卖三百元时,那株傲立风霜的迎客松,即成了老鸨一样的摇钱树。

人,诗意地栖息在大地上。这诗意,一定和"免费"有关。

3

小时候,我痴迷地图册。最讨厌的是行政页,最热爱的是自然版:褐色乃山,绿色为林,蓝色喻水,色度象征山水之高低深浅……我还莫名地想,"爱祖国"、"爱世界"、"爱人民",即因为有这些好看的颜色吧?有了五颜六色——江山才叫美,生活才值得过,世界才让人爱啊!

所以,我一面对地图,童心里就涨起"爱国主义"的潮水,用不着教育。

那会儿的大自然,基本还算原配。

那天,在网上读到个帖子,《请饶了故乡,不要种速生林》——

> 家乡的木兰湖畔,正有人大规模毁山砍树,准备种速生林……本人多次致电省林业厅及天保办公室,无人接。致电国家林业局、环保总局,接听者称不在管辖之列。致电国家信访办,永远是忙音。致电《焦点访谈》,无人理睬……本人感到空前绝望。故乡处生态脆弱的丘陵地带,河流短小急促,水土流失严重,而种速生林,生长周期短,又需大量水,易造成土壤板结,形成生态灾难。革命时期故乡为新中国捐躯的14万烈士,恳请看在牺牲重大和生态脆弱的份上,饶了故乡,不要种速生林,尤其别毁坏天然林……

读着这篇帖子,内心几度哽咽。吾学浅薄,无力判断其科学逻辑,但经验逻辑告诉我:"原配"一定优于"二奶"!大自然选定的天然林,一定优于人工发明的速生林!

我向这位孤独的陌生人致敬,向遥远山冈上的那份呐喊致敬。

它捍卫的是古老,是祖业。

4

卢梭说:"事物之所以美好并符合秩序,乃其本质使然,与人的约定无关。"

是的,人只能发现世界的美好并接受赐予,自己并不能创造世界的美好。

人其实很渺小,很无能。他不是地球主人,和草木虫兽一样,仅仅是孩子,是被抚养者。不知为何,他老想革命,想主持天下,想做皇帝。

从剥削万物的角度看,人确实是在地球上建了个奴隶王国,且是最坏的那个朝代。若把所有物种都请上一个台面,人肯定是最道德败坏的那一席,就像我们最痛恨的人群中的败类。

发明有两种:一是适度发明,一是过度发明。

人,常常自殁于过度的创举。托马斯·米基利乃美国化学家,凭加铅汽油和氯氟烃两项发明,他被封为"地球历史上对大气影响最大的个体生物"和"历史上杀戮最多的个体"。后来,他染上了脊髓灰质炎和铅中毒并瘫痪。即便如此,他也不甘寂寞,设计了一套绳索滑轮以便于自己起床。55岁那年,不幸发生了,他突然被绳索缠住,窒息身亡。

综其一生,这个聪明人亲手发明了自己的死。

我不知道,对人类来说,这是个怎样的寓言?

真想,真想对马达轰鸣的世界大叫一声:停!

让万物归位,让生活恢复它的本来面目吧——
天是蓝的,山是绿的,河是流的,水是清的……
我衷心怀念大自然的原配,人间游戏的原配。

— 2009 年

22

江河之殇

> 君子见大水必观焉。
>
> —— 孔子

1

河流一词,我惜的是个"流"字。

"流",既是水的仪表,更是水的灵魂。

有次在朋友的画里,发现一条极美的河。我问,你是怎么想象它的?她说,画的时候,我在想,它是有远方的水。

这念头太漂亮了。流水不腐,当一条水有了远方,有了里程,才算真正的河罢。

水,在天为星,在地为流。

每一滴水，都有跑的欲望，哪怕一颗露珠。

水的冲动，水的匀细，让古人发明了滴漏，收集光阴。河姆渡出土的陶罐，早期刻的是水波纹，后来是浪花纹、漩涡纹、海水纹……人类最初的美，是从水里捞起来的。

翻开汉语字典，偏旁部首中，消费量最大的是那个叫三点水的"氵"。

我以为，人有两个层面的时间觉悟：生物的，哲学的。

在远古，人的生物时间是被季节惊醒的。二十四节气，俨然是二十四个刻度的农业闹钟。而哲学维度的光阴意识，则是被流水之鸣启蒙的。

逝者如斯，不舍昼夜。

江河不息，皆东逝之付。万象倏忽，盖无常有常。

人不能两次踏进同一条河流。

流，是水的信仰。逝，是生的本质。

江畔何人初见月，江月何年初照人？

水字头上驻一点，就是永。

2

最美的水在《诗经》。最俏的女子在溪畔。

关关雎鸠,在河之洲;窈窕淑女,君子好逑。

蒹葭苍苍,白露为霜;所谓伊人,在水一方。

最深的心事锁于水。最远的眺望付于水。

汉有游女,不可求思。汉之广矣,不可泳思。江之永矣,不可方思。

这男子爱得神魂颠倒,近乎绝望。诗很美,只是感情有点绕,我更喜欢那首大白话——

我住长江头,君住长江尾;日日思君不见君,共饮一江水。

这是我最怜惜和欣赏的一位妇人。她的露骨、她的裸、她的痴,空前绝后。

秋水涟漪,乃尘间最大诱惑。临波之人,必心生荡漾。

水,是爱的基因,情的种子。"水性杨花"、"鱼水之欢",多美的词!汁液饱满,动感十足。

除了情草缠绵，水中还藏何玄机？还能带来更大的精神视觉和冲击波吗？

仁者乐山，智者乐水。其实，无论仁智，都会对水寄予厚望，向浩荡江河呈上敬意。老子云："上善若水，水善利万物而不争。"荀子则在《宥坐》中讲了一故事——

> 子贡问："君子之所以见大水必观焉者，是何？"孔子曰："夫水，遍与诸生而无为也，似德；其流也卑下，裾拘必循其理，似义；其洸洸乎不淈尽，似道；若有决行之，其应佚若声响，其赴百仞之谷不惧，似勇；主量必平，似法；盈不求概，似正……其万折也必东，似志。是故君子见大水必观焉。"

大水，必载大势大象、大道大德、大情大义。观瞻江河，实乃一门人生大课，可悟玄机、铸品格、升境界、晓事理。

3

> 孤帆远影碧空尽，唯见长江天际流。

> 过尽千帆皆不是，斜晖脉脉水悠悠。

> 无边落木萧萧下，不尽长江滚滚来。

不必再多说了，江河，既是满载神性和诗意的实体，亦是伟大的精神智库和美学资源。当然,这一切一切,源于水之流性。水滞则为液。"液体"和"河流"——多么截然不同的存在。现代社会,鲜见的是清流,残剩的是液体,且只追求液体。他们用了个词,叫淡水资源,所谓的水危机,也仅仅指液体危机,而非清流危机。

流水载物,古人早就谙此。然其所为,只是泛舟履波,现代人不同了,他们想让所有的垃圾和排泄物都搭乘这趟免费公交。

水,终于盛不下、载不动了,气喘吁吁,奄奄岌岌。

江河世纪,正走向液体年代。

这是可怖的事,比地震、海啸更骇人。

不错,女子乃水做的骨肉,但这水一定是流水,绝非液体。

"逝者如斯",不逝,孔子怀里那块伟大的表还走得动吗?

"曲水流觞",没有潺流载杯,人生的朦醉诗意何处觅寻?

若无流水可依、可沐、可饮,人生该多么刻板,心灵该多么黯然,爱情该多么乏津。我们口口声声的"热爱生活",还剩几多依据?

问君能有几多愁?恰似一江春水向东流……

古之贞女洁士,多有葬水情结。舜帝南巡驾崩,娥皇、女英二妃殉投湘江;杜十娘伤恸难寄,纵身仆水;拒垢避辱,柳如是邀夫共坠瑶池……再如屈原、王国维和老舍,皆选择了娶水为棺,魂宿大泽。

在诸君眼里,水似乎比青山更值得托付,何以如此呢?除了水的洗刷之意与心境相合,也可见事主们对水品的一贯信任吧?至少据其经验,水有个好名声,清白干净,不会脏了身子。

若换了现在,我想她们和他们一定会集体变卦。

随便往现代水沟里跳，是件很难堪很蒙羞的事。

4

我有个观点：对大自然来说，一切"原配"都是最好的，也是最富饶、最完臻的。无论山壑泉林、花草鸟兽、河泽湖海、大漠绿洲……

古语的"江"字，即长远之意。我想，造物主抟人之初，大概是想好了让那些精心置办的"原配"——以不动产名义荫佑苍生的罢。今天，若老人家来个回访，必大惊失色，自个儿的家业竟如此不经折腾！

除大洋深处的海沟和珠穆朗玛峰上的雪，世间还剩多少"原配"？

晚清有个叫魏源的大知识分子，算是近代改革的先驱，这位维新之士面对萎缩的洞庭湖，作如是哀鸣——

气蒸云梦泽何在？波撼岳阳城已殊；无复波涛八百里，唯余洲土半分潴。放歌高论惭先哲，围垦拦河愧后愚；愿睹沧桑重变易，还川有日更还湖。

魏公为岳阳城失去的"原配"哭泣、悲愤、招魂。

是啊，就像去拜访一对伉俪，一路上忆着对方当年的恩爱，忆着庭院里的盈盈笑语，谁知开门的竟是一陌生女，老友已弃妻另娶。

那美好岁月中的原配，那青春旧影里的女子，被休遣到哪儿了呢？

俗语说，人生诸相皆为水。

江之污，即心性之污。

河之腐,即时代之腐。
流之枯,即精神之枯。

一个好的时代,必有旭日般的精神——加上大自然的"原配"。

—— 2009 年

23

茶憾

> 山水上，江水中，井水下。
>
> —— 陆羽《茶经》

烹茶，水之功居大。

我觉得，佳水的范围大致是：有源头的水，有历程的水，有深度的水。

古代茗人的目光，即投向了这片汪野。

陆羽《茶经》说："山水上，江水中，井水下。"崇尚活水，流动良于安静，真源无味，真水无香，乃茗家共识。

流动之水——可曰泉，曰溪，曰瀑，曰江湖。

以泉为首，自无异议，但茶圣把江水排第二，则大大出我意料。观今日大小江河，哪个不黏稠暮沉、淤滞呆钝，俨然藏污纳垢之穴，谁个还敢径取一瓢饮？

《全唐诗》有一首《六羡歌》，为陆羽所撰："不羡黄金罍，不羡白玉杯；不羡朝入省，不羡暮登台；千羡万羡西江水，曾向竟陵城下来。"

念及竟陵（今湖北天门）乃茶圣故里，此歌不免有溢美之嫌。但无论如何，在这位挑剔的鉴水大师眼里，老家这条河应不负愧天下杯盏。

唐人张又新在《水记》中记载：刑部侍郎刘公讳，学识渊博，有风鉴之称，他把宜茶之水分七等：扬子江南零水第一；无锡惠山寺石水第二；苏州虎丘寺石水第三；丹阳县观音寺井水第四；大明寺井水第五；吴淞江水第六；淮水第七。并称曾亲自乘船以瓶取水，一一校验，然也。

七水中，有三水产自江河，可见唐朝的在野之水普遍上乘。

不仅千年前的野水令人鼓舞，郑板桥亦云："汲来江水烹新茗，买尽青山当画屏。"这说明，至清代，野水尚天生丽质。

有则广告，是吹捧"农夫山泉"的，我以为颇见智商，它只嘟囔了一句："有源头的水。"

有源头的水，了不起啊。现代社会，每天浇灌我们身体的水至少有几大桶，谁知它的身份和来历呢？

无源，乃水之首忌，乃水之大尴尬，亦是现代水的真相。

古人向来推崇水源："问渠哪得清如许，为有源头活水来。"朱熹称颂的水，我小尝过一勺，在闽西文公故里五夫镇，紫阳楼荷塘上游，丛中有一眼石泉，白虾翻跹，清冽有骨，妙水也。

流水家族中，溪最幼，也最生动和普及。然如今的北方，即便乡下，除了暴雨季节，溪也几乎绝迹。记得三十年前，在我童年时，虾戏蟹舞的清溪随处皆是。这些多是没有名字的溪,就像农家娃多了,懒得一一取名。

登武夷山,俯瞰九曲溪,"曲曲山回转,峰峰水抱流",这条中国最美的溪流,在我这个北方佬眼里,已蔚为大观、洋洋若大河了,闽人真阔气啊。

幽泉迷雾、灵芝仙草的武夷,大红袍和岩茶闻名天下,在天心禅寺品之,"两腋清风起,飘然欲成仙"毫不夸张。奇怪的是,随后捎了茶叶在福州冲泡,却舌感大逊,"岩骨花香"明显丢了几分。问究竟,朋友说水之故。武夷采的是山涧天然水,福州用的是商场瓶装水,水改则茶易。

是啊,茶是有灵魂的水,灵魂的一半出自水源。不仅是茶叶这种胚芽,凡世间美好之物,无不柔弱,常招损,易受侵。

清人陆庭灿在闽西当了几年县长,精识岩茶之妙,退休后撰了本册子,叫《续茶经》,与唐朝先人作了记唱和。

他说:"煮茗之法有六要:一曰别,二曰水,三曰火,四曰汤,五曰器,六曰饮。""别",指茶别,不同的茶要待之有别;其次便是水了,除水源水质,他尤强调水的品鉴,其挑剔程度超越前辈,"山厚者泉厚,山奇者泉奇,山清者泉清,山幽者泉幽,皆佳品也。不厚则薄,不奇则蠢,不幽则喧,必无用矣",又称"茶不宜近阴室、厨房、市喧、小儿啼、野性人、僮奴相哄、酷热斋舍"。

茶如君子,有洁癖,择水苛于择友。

不过,我倒为陆门徒忧心起来,若活至今,莫非当绝茶断饮乎?君不见江河色变,水华殆尽。即便依庭灿所嘱,汲水时跑远一点,"须遣诚实山僮取之,以免石头城下之伪",可如今从任一城池出发,方圆百里，恐难觅一活泉。至于那趋"山幽"、避"市喧"，更无从谈起了。凡奇山险峰和藏泉之地，哪个不车水马龙、人声鼎沸？

甚嚣尘上，真水绝矣。

《续茶经》里，陆廷灿还有段话，虽不经意，却让我吃惊："余在京三年，取汲德胜门外水烹茶，最佳。"

德胜门，那地儿我熟啊，其水居然最佳？

不过联想其他旧事，便也不疑了。比如一本京城谈吃的书里就说：晚清时，阜成门外的河里产大青虾，东直门外产大白虾，皆有名，菜馆趋之若鹜。

旧京还有句俗话：玉泉山的水，东直门的冰。意思是东直门一带的冰最好，老北京过去有挖窖存冰、冬储夏用的习惯。冰好，水肯定也不差啊。

真是江河日下，恍若隔世啊……

可怜天下嗜茶人，生不逢水，为时晚矣。

2009 年

24

桥是水的情书

> 桥,水梁也。
>
> ——许慎《说文解字》

在北方,有句长者讥笑后生的话:我吃的盐比你咽的粮多。到南方,这话换成了:我过的桥比你走的路多。

南方水盛桥密,以桥佐证一个人的生涯和阅历,确不虚妄。如小城绍兴,古誉"三山万户巷盘曲,百桥千街水纵横",至清代,尚存河道六十公里,湖池近三十,石桥逾二百。再看那描绘城郭的古诗,无不渠满塘涨,水色烂漫——

据龙蟠虎踞之雄,依负山带水之胜。(南京)
片叶浮沉巴子国,两江襟带浮图关。(重庆)
五岭北束峰在地,九洲南尽水浮天。(广州)
七条琴川皆入海,十里青山半入城。(常熟)

不过，前辈对小儿的上述矜夸，恐今后不宜说了。

因为水没那么盛了，水萎则桥颓。况且，桥的含义也变了。

孩提时，我用蜡笔在纸上画桥，末了，总要在下方仔细描几条曲线，象征波浪。近日观儿童画展，遇几幅桥，但觉哪儿不对劲，后倏醒：桥下无水！如今小儿画里，桥下已然是旱地街衢，车水马龙。

白驹三十年，桥的逻辑大变。水纹，被时间的橡皮擦去。

回头想，儿时的我脑子里是有定势的：水生桥，桥生水；无桥之水和无水之桥，皆为残疾。二者，天然即厮磨关系，仿佛姊妹，仿佛唇齿，仿佛伴侣。

也可以说，水是桥的魂曲，桥是水的情书。

这天设地造的姻缘，不仅是我稚时的天真，也是几千年的风物常态。

《说文》云："桥，水梁也。"

一句话奠定了桥和水的组合。先人搭桥，最早以木，故落"乔"音。山涧遇一独木，即显示此处并不荒凉，有人已来过。后石桥渐多起来，至明，文震亨《长物志》里说桥："广池巨浸，须用文石为桥；小溪曲涧，用石子砌者佳。"

可见在明人眼里，桥还是不脱水的，一定要以水为床，一定要娶水才行。

这部爱情，这门婚事，又是怎么散伙的呢？是桥之背叛，还是水的嫌弃？

我想，更多还是水的早逝吧。

许多古老的桥仍在，以碑的名义，曝晒于滩壁。

水已遥远，像传说，像呜咽的风。

桥，不再波粼荡漾，不再烟笼袅袅，不再青苔漉染，不再垂柳映月。剩下的，是枯石的寂寞，是风化的煎熬，是皲裂的沧桑。

犹如鳏夫寡娘。

无数新桥轰鸣降生，钢筋水泥，旱地拔葱。

现代化的天桥、高架桥、立交桥，已完全和水没瓜葛了。其墩梁，已无水浸浸之痕；其脑海，已无水之记忆。

从"跃水"到"凌空"，桥的古义已变。桥，不再是水的共栖词，不再留恋水的婚床。那条万年的丝带，涣散了。

没有爱情的桥，大概无须徘徊，甚至不值得看罢。

我从未在立交桥上散过步。它是物理的，无体温、无灵魂。你没法和它交流，一句也不想说。

老北京的地名多含桥，"白石桥"、"虎坊桥"、"高梁桥"、"双桥"……说明旧时水是很盛的。现在桥更多了，从二环到六环，每个叠叉口都叫桥，但已和水绝缘，乃彻头彻尾的旱桥，也是最让人迷路的地方。

其实不该叫桥，叫啥都行。

走在福建，最惊讶的是，八闽先人竟如此舍得在户外下功夫，那么多银子和心思都花在了桥——这种公共设施上。而桥之精美、之文气，又远超实用，真应了《长物志》里的那些讲究。

泉州古称刺桐，因海贸沸腾，有"市井十洲人"之说。在那儿，我偶遇两座宋代跨海石桥：一是当地郡守、书法家蔡襄督造的洛阳桥，长834米、阔7米，首创"筏型基础"以造桥墩，种植牡蛎以固桥基。此桥虽沐千年风雨，岿然完好。另是号称"天下无桥长此桥"的安平桥，藏于晋江安海镇，桥长2225米，俗称5里。它属漫水桥，潮起潮落，暮伏晨出，其龄仅比前者短80年。

洛阳桥、安平桥，其桥程和雕饰，仅走马观花就各耗我半日，尤其那五里桥，真是名副其实的长啊，幸好不断有桥亭歇息。立其上，遥想当年的烟波浩淼，先人的视界、手笔、匠心乃至消耗，皆让人动容。

古代纳富之地，必卧虹藏桥。如此浩大的石方工程和建筑标准，一千年前，除"东方第一大港"，谁还有实力和胸怀收留它们？

听说，这两座桥，都是民间集资修的。

而在福建的屏南、连城，我又屡屡邂逅世间最浪漫的桥——木拱廊桥。它们像是被鸟儿从某处叼来，突然搁在那儿似的。这些空中走廊，衔山跃水，专供旅者休憩。如今，仅屏南一地，尚存56座，至于早年多少，唯鸟儿知晓了。

如此深僻之地，如此精美建构，究竟要满足谁的目光，谁的验收呢？

无论海边的千年石桥，还是深山的木拱廊桥，我都钦佩那背后的完美主义和诗情画意，钦佩那打造永久性建筑的决心和定力。

它们不妥协，不打折，不偷工减料，不唯利是图。且有一共征：桥亭或桥屋，皆有记载建桥年月、工匠、董事和捐资人姓名的碑铭。为什么呢？

我猜有二：一是答谢和瞻仰，以激励过往，促人效仿；二是质量监督和舆论问责，谁直接或间接筑桥，名刻于上，或流芳千古，或速朽速亡，自个儿看着办吧。

诸桥虽逾千年却完好传世，是否和此机制有关呢？

不像现在的桥，虽说是钢筋混凝土，却这儿塌那儿陷，人走着走着就掉下去了……

而且，也没听说古时哪些桥是收费的。

桥，作为跋涉必经，是人生最珍贵的路段之一。

桥，作为露天公器，是社会最重要的标点之一。

它的质量、美丑、品格，不仅是某个地域的名片，也是一个时代的脸面。

八闽，乃朱熹朱文公故里，桥好，理所当然。

为什么好建筑都是古人造的？

为什么好文章都是古人写的？

为什么好恋爱都是古人谈的？

……

最后，想起沈从文的一句话来：

"我行过许多地方的桥，看过许多次数的云，喝过许多种类的酒，却只爱过一个正当最好年龄的人。"

说得真好，轻飘飘的一句，把人间大美都串在了一起。

沈先生去世有年，也算古人了。

2009 年

25

追着井说声"谢谢"

> 掘井而饮,耕田而食。
>
> ——《击壤歌》

"井",一个标准的象形字。
犹如大地突然睁开了眼睛。

若没有井,人类生活会是啥样子呢?
恐怕仍是逐水草而居、顺河沿一溜排开的格局罢。
井,改变了栖息,结束了游荡和漂移,使人过上了定居的小日子。有了井,才诞生了宅,"家"一词才有了"地点"的涵义。
渐渐,井成了锚,成了根。远走他方又称"背井离乡"。

建村落,筑城池,首要事即挖一眼井。
有了井,家才有据点,人生才有地址。尔后,才有街衢和商铺,才有了社区景象。所以,民间有个代词:市井。

据说一些边寨,至今还有这样的习俗:新娘进寨后第一件事不是入洞房,而是赴井挑水,目的并非解渴,而是认井——认井即认家,或者说让井认一下这位新成员。

凡有井水饮处,即能歌柳词。

柳永和朱熹是老乡,同住闽西的五夫镇。那村子我去过,柳荷生烟,街心必遇古井,水澈见鱼,汲饮延今。少时我不懂"井饮"和"柳词"有何瓜葛,多年后才醒悟:井即人烟啊,这是在说一个人的知名度呢。

如此看来,柳永的粉丝比刘德华多,且世世代代。

北京乃胡同王国。称街谓巷的暂不算,直接叫胡同的,明代有四百,清代近一千,现今一千三百多。胡同之说,元代即有。在元剧《沙门岛张生煮海》中,张羽问梅香:"你家住哪?"梅香答:"我家住砖塔儿胡同。"砖塔儿胡同在西四南大街,至今未改名。但有件事一直折磨着史学界:"胡同"怎么成为街巷名的?这个古怪的发音究竟是何意呢?

后来研究出来了:"胡同"最初非汉语,乃蒙古语"忽洞格"的变音,而"忽洞格"的意思即"井"。建元大都时,北京一片荒野,紧挨"海子"(蒙语,意湖)的地盘优先给了皇宫,百姓街区则掘井吃水,渐渐因井成巷,取名时自然也不离"井"字了。

另外,有些胡同名颇让人费解,要么很难听,要么讲不通,比如"屎壳郎胡同"、"巴儿胡同"、"碾儿胡同"、"帽儿胡同"……其实,也是蒙语作祟，意思分别为"甜的井"、"小的井"、"细的井"、"废的井"。待至明清，蒙语渐去，但被汉语修正的巷名仍恋"井"字，什么"三井胡同"、"四井胡同"、"七井胡同"、"甘井胡同"、"湿井胡同"、"沙井胡同"、"铜井胡同"、"罗家井胡同"……因叠名太多，只好将字更易，比如今天的"镜儿胡同"、"景儿胡同"、"前井胡同"，原先都叫"井儿胡同"。

着实意外啊，京城表面是胡同的天下，幕后的操盘手竟然是井。

井，谋划和布局着"城"这盘大棋。

无井则无宅、无市、无城。井，代替江河，聚拢着人气和城乡的繁荣；井之多寡，决定了社会容积和人丁数量。而且，井水和现代自来水不同，它属天赐，除了挖掘，没有后续成本，一经诞生，即和空气一样是免费的。

好东西都是免费的。

越贵重、越必须，越需要免费、越值得免费。

免费是一种伟大的现象，也是一种伟大的思想。

我常常觉得古代了不起，原因之一即免费的事物多。山让你随便登，佛让你随便拜，桥让你随便走……多一种免费，即多一份自由，人生即少一份压力。

说起免费，忍不住多唠叨一事。

"姑苏城外寒山寺，夜半钟声到客船"，一缕清冷的唐句，让寒山寺声彻天下。这钟声我从未耳闻，但一直在心里收藏、想象它，触摸那份美到极致的寂静。但从上世纪末起，媒体不断以赞许的口吻报道一创举：在苏州旅游局的主持下，千年古刹寒山寺公开拍卖"新年钟声"，预订者踩破庙槛，首撞权的角逐尤其激烈，第一撞×××元，之后递减,逢八又涨……

闻此,我的第一反应是:那夜我若不幸过寒山寺,必捂耳猛跑,生怕那钟声追上来。

免费的钟声死了。寒山寺,让人寒心。

井有大德、厚泽,故苍生敬之、祭之。

《礼记》载:"天子命有司,祈祀四海、大川、名源、渊泽、井泉。"可见,井享有和山岳江湖一样的威望。从远古起,百姓习俗中就有"五祀"说,即日常生活里要感恩的五样东西。汉班固《白虎通义》中说:"五祀者,谓门、户、井、灶、中溜也。所以祭何?人之所出入所饮食,故为神而祭之。"各地祭井方式不同,或以桃柳枝封井(即遮蔽井口,暂停汲水),或摆果蔬洁食作贡,多择于冬至或春节,与换桃符、贴春联一并进行。不仅汉族,据说在西南一些苗寨和侗乡,人们跋涉途中逢井必祭,即便身无携物,也要捡一草标投下。

于井的尊崇,使人对之作了很多注脚,传奇不必说了(比如杭州"龙井"、长沙"白沙井"的故事),一些建筑也傍井而立,比如井栏、井碑、井亭、井龛,乃至设殿立庙,奉以香火。

有"水傣"之称的傣族,笃信人源于水、归于水,有一民谣:"泡沫随浪漂,傣家跟水走。"出于对"井神"的虔敬,他们常要盖一座漂亮的井罩,或似佛塔,或似华盖,并施以彩绘和大象、孔雀等雕饰。不仅维护井身的洁净,连周边环境也要每天清扫。

在傣寨,只要找到了最精美的屋舍,即找到了井。

至今,虽然许多傣寨通了自来水,但村民仍习惯井饮,他们笃信神赐之水比管道来水要甜、要纯洁、要吉祥。

迷信的人是幸福的,只是越来越少。

为了生,人找到了井,并祈求它生生不息,恒如日月。

大概人从未料想,有一天自己会主动弃之。无数的井荒了,被铲、被砸、被填、被掩盖得了无痕迹。

大地,重又闭成了一个严肃的封面,似从未睁开过眼,也从未向人类笑过一般。

是的,人不需要的东西,必定会死,会瞑目。

但我不能落井下石,我要饮水思源,我要追着那背影说声"谢谢"。

没有它,人至今仍在大地上游晃,以盲流的身份。所有的鸿书、异地的相思和问候,也无址可落。

它帮过我们,救过人类。

我要追着喊着哭着笑着大声说"谢谢"。

2009 年

26

那些美丽的禁忌

中国的青山绿水在哪?

我想,答案应该是:在有禁忌的地方。

换言之,在信仰之乡。

"童山秃岭"一词,似乎北方人才念叨。

一个乍赴南疆的人,尤其是冬天,视觉上会有异样感。满目葱茏,直让你怀疑自己戴了墨镜。若到了那些大西南村寨,绿的浓度和幅度更让人油生幻觉,以为掉进了绿池子里。

不仅绿,且绿得亢奋、魔幻、忘情。

和气候水土有关,又不尽然。在北方,即便炎夏雨季,也不会绿得这般浩瀚、深邃;即便同处南国,城乡之绿也相去甚远,再郁郁葱葱，也挡不住天天砍、月月伐的开发啊。

最感人的绿，为何独藏南方乡野呢？

较之北方和城市，南野多了一缕精神上的东西：禁忌。

具体地说，即草木崇拜。

他们奉树为仙，敬林若祖，轻易不敢折木斫枝，生怕违逆神灵，冒犯风水。

禁忌源于信奉。人有信奉，则生敬畏，进而生律戒——手脚即老实多了。

惜爱草木，古即倡之。天人合一的儒家，早早就流露出对植被的体恤。孟子道："斧斤以时入山林。"也就是说，伐木要择时，不滥为。夫子曰："断一树，杀一兽不以其时，非孝也。"《礼记·月令》正告："孟春之月，禁止伐木……季春之月，毋伐桑柘……仲春之月，毋焚山林……孟夏之月，毋伐大树……季夏之月，毋有斩伐。"《荀子》亦云："圣王之制也：草木荣华滋硕之时，则斧斤不入山林，不夭其生，不绝其长也。"

以上"时忌"，主要源于惜佑之德，类似如今的"休渔期"，旨在让草木休养生息。但不难判断，这些竹简之言虽语气严正，但精神威慑力和伦理契约性都很弱，行为强制力几乎没有，说到底，"劝言"而已。

民间对树的尊崇和仰望，要等到草木图腾和相关禁忌文化生成之后。

植物有灵的说法，先秦有之，有位树神叫"句芒"。至于大规模的树膜拜何时开始、能量如何，我没细考。但在华夏的犄角旮旯里，随处可闻"树精"、"树神"、"树怪"的魅说。

我客居山东济宁时，窗外有条古槐路，街心有铁栏，护着一株数百岁的嶙峋老槐。每天清早，枝丫上都会新添一缕缕的红绸布，皆是夜里缠上的，用意不外乎祈福驱灾。这条路扩了许多回，树也从路边到了中央，可谁也不敢去伤它。甚至，为让老树享饴孙之乐，整条路全补种了新槐。

从前，凡去一个村子，村口总会遇一棵沧桑大树，北方以槐、榆、柳居多，南方以樟、榕、橡为主。该树往往地位显赫、待遇优厚，一打听，保准跳出一大堆灵异故事。

汉族社会的树崇拜，大概俗气些，总要从树家族中选出最特别的来供奉，其余则随意处置了。硕者为王、老者为寿、怪者为奇，一棵树若具备这几样特征，被景仰的可能性即有了。

相对于北方，南方乡民对树的感情和构思更丰富些，除"树精"、"树怪"这些非凡个体，还把神圣的范围扩大到了族群——"风水林"。

广东鹤山雅瑶镇昆东村后的小冈上，有一片"风水林"，相传其种子是从南洋带回来的。该树叫格木，为亚热带珍贵树种，其大龄者已逾两百岁。上世纪60年代，某造船厂许以两台拖拉机换这片木材，被村民一口拒绝。且不说经济实惠，在那个高音喇叭天天喊阶级斗争、反封建迷信的年代，敢拒绝尔等要求，足见"风水林"在百姓心目中的威望了。

宁受政治打击，不遭神灵报应，此即信奉和服从、天命和政令的区别，天壤之别。"风水林"在南方现身很早，也很普遍，凡上年头的村子，几乎都有一群备受孝敬的树。"风水林"的指认，其实很讲究，入选者多是在防风御寒、涵养水源上功劳大的林子。

"风水林"让"青山绿水"的比率和稳定性大大提高了。从单株神树到成片的"风水林",人的敬畏范围和禁忌力度在放扩,受惠面积和获益程度也在增长。

其实,迷信的人很聪明。

都市多宫殿,乡野多祠堂。
北方多政事,南土多庙香。
在树面前,城里人和北方人颇显恣意和霸道。
所以,北方城里的树,年轮偏小,寿者极少。

较之汉族社会,少数民族的树神崇拜在情感上更天真,纪律上更严格,行动上更彻底。

贵州的苗、侗两族,自古崇拜草木。在其眼里,树等于神灵和福祉。每年春,族人都要过"树秧节",人人种苗造林,连未婚男女的信物也是一棵树苗。还有个风俗:谁家婴儿降生,全寨老小要齐力替之栽种一百棵杉树苗。

西双版纳,乃中国热带雨林最完整、面积最大之地,为什么呢?
并非偏僻荒凉,不便开采,而因这儿的主人是傣族、哈尼族、佤族、基诺族……他们有个共同的图腾:神林。他们视树为衣食父母,为感恩示敬,将大片地势好、近水源的森林供为"神林"、"龙林"——神的安息地,连其中的花草禽兽,也被视为精灵,不得侵扰。神林要求寂静与安详,不允伐木、狩猎、开垦,不允喧闹、泄秽,有猥亵之语,连枯枝落果也不得捡拾。

整个西双版纳,"神"的领地有六百余处,近十万公顷,珍稀植物和药用植物两百余种。

中国最大的植物种子和基因库,寂静如初,仓储完好,靠的是

"门神"。

靠的是"闲人免入"和"肃静"的牌子,是"精神防护罩"和"铁布衫"。

有了这些,它刀枪不入。

如今,很多事都应了那句老话:礼失而求诸野。

不仅是西双版纳,"神林"在滇、桂、川、黔等地的其他部族也盛行,彝族、白族、水族、瑶族……皆奉树为神,虔敬有加。

不错,这是迷信——迷恋和信奉,但谁敢说迷信乃愚人所致、庸人自扰呢?

我觉得,乃谦卑使然,乃大智慧和大先见使然。

在迷信的光照下,树是幸福的,树荫下的人也是幸福的。

景仰与厚泽,禁忌与荫庇,养护与反哺……物物循环,投桃报李。

所谓天道,所谓舍得,即如此。

害怕,有时候是美丽的。

怕久了,入了骨,便成爱。

上苍佑之,必使之有所忌,有所敬,有所自缚和不为……如此,其身心才是安全、舒适的,像一盘有序、有逻辑和对手的棋。

上苍弃之,则使之无所畏,狂妄僭越,手舞足蹈……那样,其灵魂即时时于混乱、激酣中,距癫痫和毁灭即不远了。

2009 年

27

让我们如大自然般过一天吧

　　▄▄▄▄▄　两千五百年前的某日,天蒙蒙亮,一对新婚小夫妻的枕语"不幸"被偷听了,且给记录下来——

　　女曰:"鸡鸣。"士曰:"昧旦。""子兴视夜,明星有烂。""将翱将翔,弋凫与雁。"

　　我斗胆翻译一下:妻子拱拱丈夫,醒醒,鸡叫了。丈夫揉揉眼,天才亮一半呢。妻笑嗔,别恋床了,你瞧天上的启明星多亮啊!丈夫一拍脑瓜,对,正值鸟儿起飞,我要赶紧去射猎!

　　接下来,是一段甜蜜蜜的小情话——

弋言加之,与子宜之。宜言饮酒,与子偕老。琴瑟在御,莫不静好?

大意是:老公定能满载而归,我给你烹雁做菜,佐之美酒来干杯,愿咱俩白头偕老,你弹琴来我鼓瑟,生活多恬静啊!

古人真聪明,竟从自然界请出公鸡来司晨,自己只管酣睡,误不了事。

这首《诗经·女曰鸡鸣》,我视之为历史上最纯真的婚姻个案。感动我的,除了田园诗般的恩爱,除了那妻子的娇慧,更有一点:和大自然同步的生活。

想起百年前梭罗的一句话:"让我们如大自然般过一天吧。"

古代人的生活是与大自然携手同行的。

迎曦而出,沐夕而归;伴虫入眠,闻鸡起寝;循天时而动,不负光阴华灿。

天上阴晴圆缺、地上风吹草动,先人皆明察秋毫、奉若神诏。原因在于,他们视己为自然界的一员,不寻特殊身份和待遇,不逾矩不越位,恪守生物本分,正像《三字经》所言:"犬守夜,鸡司晨,蚕吐丝,蜂酿蜜……"

不负天,方不枉生。

幸福源于知天时、依天意、循天道。

《女曰鸡鸣》用小夫妻布了个道:早起的鸟儿有虫吃,勤早才能持家。

除了生计安全,还有身体保健,听老天爷的没错。

古人细考了动物一天的表现，用"铜壶滴漏"的计时法，把昼夜分为12时辰：子、丑、寅、卯、辰、巳、午、未、申、酉、戌、亥，暗合12生肖，既富情趣又含教益。比如"亥时"，依现代时间算，位于晚9点至晚11点之间，该命名源于猪（亥即猪），此时的猪熟睡正酣。所以"亥时"又称"人定"，意思是夜色已深，大家该安歇了。

那么，这种仿生论真合乎养生之道吗？

科学证明，人的深度睡眠发生在晚10点至凌晨3点。此时，人之体温、呼吸、脉搏进入低潮，易安神入眠，也是肝胆排毒和免疫系统更新之时。此间，人体若充分休息，则事半功倍，以最小成本获最大裨益。相反，若错过此时，续睡再长，也于事无补。

睡眠好坏不较长短，在于是否对点，时辰是否准确。

健康生活，一定是和大自然牵手，同呼吸、共起舞的。

提倡"齐物共生"、"天人合一"，古人真是聪明，真是幸运。

他们得到了上天更多暗示、更多宠爱。

《论语》乃师生对话的笔录。圣人授业总是态度谦和、温文尔雅，不过也有例外，有一回圣人就发火了，痛斥宰予："朽木不可雕也，粪土之墙不可杇也，於予与何诛？"（《论语·公冶长》）。这话够重、够狠，算得上破口大骂了。啥事让老人家勃然大怒乃至吐脏口呢？何况冲着得意门生？

很简单，宰予"昼寝"，即白天睡大觉。

区区小事值得如此吗？孔子认为值，认为性质太恶劣了。

当年语文课上听这个故事，说孔子如何如何珍惜时光。现在我倒觉得，惜时背后，还有个更大的涵义：遵天时，敬天道。像公鸡打鸣，不在于你嗓门高低和乐感如何,而在于何时鸣放,在规定时间做规定之事,这才叫司晨,才叫称职和守本分。

由此看,孔子捍卫的是一条古代常识:与时俱进。

莫负上天之约,莫和光阴作对,莫与大自然拧着来。要守信用,要有规律,如此才是君子之为,才叫端庄有仪,方能修身养性、健体益神。

所谓"乐者天地之和,礼者天地之序"也。

悟得这点,着实让我羞愧了一把。

从20岁起,我即落下个恶习:凌晨2点就寝,上午10点起床。按路遥的说法,叫"早晨从中午开始"。我算了一下,依古时辰,我大概"丑时"犯困,"巳时"醒来。入睡时伴我的是"牛"(丑即牛),此时牛正慢吞吞地嚼草;而醒时,对应的是"蛇"(巳即蛇),蛇正躲在草丛里避日。

二十年啊,点灯熬蜡,我耗了多少能源?误了多少良宵?漏了多少晨光?

若孔子当世,该如何骂我?恐是猪狗不如了。

睡眠时间不对,乃现代人萎靡的缘由之一。

在昆德拉《为了告别的聚会》中,美国富翁巴特里弗对捷克人的生活评价是:"在这个国家里,人们不会欣赏早晨。闹钟打破了他们的美梦,他们突然醒来,像被斧头突然砍了一下。他们立刻使自己投入到一种毫无乐趣的奔忙之中。请问,这样一种不适宜的紧张的早晨,怎会有一个像样的白天……相信我,人的性格是由他们的早晨决定的。"

昆德拉的话向来夸张。不过,一个人和大自然同步醒来,充分利用早晨的清新营养神智,从而让一天有个好起点,这是没错的。

我下定决心,向两千多年前的那位丈夫学习,闻鸡起床。
不过很快发现,此乃妄想。甭说楼房不许养鸡,邻居嫌你吵梦,就是能养也不成了,如今的鸡已背信弃义、昏不守时——瞎叫乱叫了。
何以出现这等事故?
科学家说,鸡脑里有个"松果体",分泌一种"褪黑素",晨光乍现,褪黑素受抑制,鸡便不由自主地高歌,知更鸟也同理。而现在,人工白昼让夜失去了黑的本色,鸡被刺激得心神不宁,便出了乱子。
真是生物钟灾难。

公鸡乱叫,古代视为凶兆。
《诗经》有一首叫《风雨》,其中即有鸡瞎叫,它是这样说的:"风雨如晦,鸡鸣不已。"
莫非,今日世界也如晦了吗?

—— 2009 年

28

消逝的地平线
—— 纪念古代"登高"

江涵秋影雁初飞,与客携壶上翠微。
尘世难逢开口笑,菊花须插满头归。

—— 杜牧《九日齐山登高》

有天,忽意识到,古人比今人多一股冲动:逢高即上,遇巍则攀。

奇峰巨顶不必说,即便丘峦高阁,也少有无视者,总要上去站一站,临风凭栏,意气一番,感慨几许。所以,凡山亭江楼,词赋楹句总爆满。

也巧了,古代好辞章,尤其是时空激荡的豪迈与峭拔之文,多与"登高"有染。王勃《滕王阁序》、陈子昂《登幽州台歌》、李白《梦游天姥吟留别》、杜甫《望岳》、崔颢《登黄鹤楼》、范仲淹《岳阳楼记》、岳飞《满江红》……皆为"高高在上"所得。

闲云潭影日悠悠，物换星移几度秋。阁中帝子今何在？槛外长江空自流。

昔人已乘黄鹤去，此地空余黄鹤楼。黄鹤一去不复返，白云千载空悠悠。

在古人那儿，登高眺远，既是抒怀酬志的精神仪式，又是放牧视野、孜求彻悟的心智功课。

前不见古人，后不见来者。念天地之悠悠，独怆然而涕下。

高，带来大势大象，带来疏旷与飘逸，带来不羁与宏放，带来生命时空的全景式阅读。视野对心境的营造、地理对情思的熏染，使得"往高处走"——有了强烈的召唤力，成了风靡千年的诱惑，于诗家墨客，更是一味精神致幻药。

然而，"登高"并非文人独嗜，百姓亦胸有丘壑。尤其在一个特殊日子里，更是趋之若鹜、乐此不疲，此即九九重阳的登高节。
我始终认为，这是中国先民一个最浪漫、最诗意的节日。
秋高气爽，丹桂飘香，心旷神怡，菊色暴涨……值此良辰，若不去登高放目、驰骋神思，实在辜负天地、有愧人生。
从"登高"意义上说，这几乎是个绝版的节日。今人仅视为"敬老节"，无疑让它的美折损大半，伤了筋，动了骨。

登高节、重阳节、茱萸节、菊花节，乃一回事，但我尤喜"登高"之名。

九九习俗源于战国。古人将天地归于阴阳,阴即黑暗、沉寂,阳即光明、活力。奇数谓阳,偶数谓阴。九乃阳数之首,九月初九,双阳相叠,故称重阳。加上"九"、"久"谐音,重阳从一开始便是欢愉之词。曹丕在《九日与钟繇书》中云:"岁往月来,忽复九月九。九为阳数,而日月并应,俗嘉其名,以为宜于长久,故以享宴高会。"

后来,重阳节又繁殖出了一串新解:除凶秽,召吉祥;延年益寿,祈福求安。仪式也愈加丰富:饮菊花酒、贴菊叶窗、佩茱萸草、吃重阳糕、祭先祖、送寒衣……但有个核心不变:登高。

登高,除赏秋,亦有惜时别离之意。九九乃秋之尾,尔后草木迅速凋零,虫声偃息,万象复苏要等来年了。此时登高,将谢幕前的风景尽收眼底,将天地之恩默诵于心,颇有依依不舍和立此存念的意思。故有人称九月登高为"辞青",与三月"踏青"呼应。

这种对时令的感情,除了膜拜,其他很像爱情或友谊。

眼前的欢聚与热闹,会让很多人思念远客和往事,追忆昔日的葱茏年华。最感人的,当属王维的《九月九忆山东兄弟》——

> 独为异乡为异客,每逢佳节倍思亲。遥知兄弟登高处,遍插茱萸少一人。

当然,对老百姓来说,寻欢仍是兹日最大主题。

> 今日云景好,水绿秋山明。携壶酌流霞,搴菊泛寒荣。(李白《九日》)

秋收毕，仓廪实，人心悦，少不了邀友约醉，酩酊一场。隋人孙思邈在《千金方月令》中道："重阳日，必以糕酒登高远眺，为时宴之游赏，以畅秋志。酒必采茱萸甘菊以泛之，即醉而归。"

辞秋，注定是一次丰盛的饯行。物质和精神，都恰逢其时。

王勃那首澎湃万丈的《滕王阁序》，即重阳宴上泼醉所致。

登高的去处，一般是山、塔、楼，所以，在一座古城，大凡能将风景揽入怀中的高处，几朝下来，皆成了名胜。对古人来说，若城内或近郊无高，是非常败兴、非常严重的一件事，至少重阳这天没法熬，无处立足。所以，筑阁砌楼便成了古建时尚，"江南三大楼"之黄鹤楼、岳阳楼、滕王阁，皆受驱于重阳雅集、登高览景的欲望，一俟矗起，则声名大噪，"游必于是，宴必于是"。

某日，走在高楼大厦的街上，我忽想：重阳那天，早年北京人会投奔哪儿呢？何处适于登高放目？

清《燕京岁时记》记载："每届九月九日，则都人提壶携榼，出都登高。南则天宁寺、陶然亭、龙爪槐等处，北则蓟门烟树、清净化域等处，远则西山八处。赋诗饮酒，烤肉分糕，询一时之快乐也。"据说，除以上各处，玉渊潭、钓鱼台也人气颇盛。而慈禧太后，去的是北海桃花山。

先人青睐这些地方，缘由莫外两点：身高和野趣。我盘点了下，清人眼里的这群高丘，如今几乎皆废，或荡然无存，或只能算平地。像天宁寺、陶然亭、钓鱼台，实在既没身高，又无野趣。天宁寺畔倒是有根比它高几倍的烟囱。

昔日的"姚明"，如今都成了小矮人。当代京民若过登高节，恐怕得去爬香山或央视转播塔了。鉴于空气清洁度，能瞅多远尚未知。

有年去福州,夜宿于山上宾馆,当被告知卧榻之侧即著名的于山和白塔时,心中甚喜,顿觉夜色阑珊、地气充沛,睡得特香。翌日拉开窗帘,我大吃一惊,那传说中的于山不过一土丘,连塔算上,高度也不及对面一栋楼。虽沮丧,但我清楚,这是心理落差所致,预期越大,失落越重。

千余年来,福州的地标即"三山两塔",你在城里任一角落,皆可望见这三加二的全景图。历代画家绘福州,只要择五点之一摆画案,出来的全是鸟瞰图。

我想,古时九月九,"三山两塔"必是糯酒飘香、万头攒涌罢。

现在,福州人该去哪儿呢?

我看过记载,至清末,各地的"登高会"依然盛行,长沙的岳麓山、广州的白云山、武汉的龟山、南昌的滕王阁、西安的雁塔……都是著名的雅集地。连素无丘山的上海,也把沪南丹凤楼及豫园大假山作为"高枝"来攀。

啰嗦了这么多,我究竟想说什么呢?

其实我想说,从前人的心目中是有"高"的,尊高、尚高、仰高,"高"对其人生步履和精神移动有股天然引力,有种欲罢不能、鬼使神差的诱惑。而且,先人所涉者,多为在野之高、山水之高、天赐之高。先人不仅慕之趋之,也忠实地护高、养高,捍卫身边的高物,不敢随便削弱和降低它,不敢做有损它尊严和荣誉的事。

还有一点,即他们自然之子的秉性,灵魂里的那股酒意。

在对时季的敏感、光阴的惜怜、与自然对话的天赋及能力上,今人皆比先辈逊色得多。不仅迟钝,而且寡情。

把重阳节改成敬老节，是文明的粗暴，是生存美学的大损失。

当沥青覆盖了旷野，当城市沦为蔽日峡谷，当石阶变成电梯，当丘山被逼得纷纷自杀，当天然之巍被夷为平地、化为砖头水泥，当世人和媒体眼中只剩下"珠峰"……登高节，只剩一个遥远的背影。

我们的刻度变了，视觉和灵魂，刻度都变了。

我们所用的尺码，和欲望一样，肥大而粗陋。

我们睥睨天下，肆意地规划任何想要的海拔。

小时候，老师解释"地平线"，我马上就懂了。不久，它即出现在了我的作文里，那是日出日落的地方，那是"远方"的代名词。今天，城市的小朋友，谁见过地平线？我跑去问邻居的孩子，他拼命摇头。

在心里，我向古代那些平平仄仄、不起眼的"高"致敬，向蚂蚁般倚石扶树、跌跌撞撞的醉客们致敬。

我还要向那漫山遍野赤裸裸的笑声致敬。

还要向一坛坛躺在深秋里的菊花酒致敬。

我醉了。恍惚看见了刘伶、嵇康、阮籍……

2009 年

29

多闻草木少识人

> 某种意义上,没有人真正看过一朵花。
>
> ——乔治亚·奥基夫

住海淀时,最常去的是北京动物园和香山植物园。

迷恋动物园,因为它帮我确认一件事,它反复地、一遍遍地向我证实:生命是丰富的,物种是多样的……否则,我真怀疑世上只剩下人了。

在这座庞大的动物收容站,我遍访那些完全不同于己的生物,那些传说中的异类,打探其故乡、家族、数量,聆听其身世、命运和生涯故事……

人类中有一个命运多舛而惨烈的族群——犹太人,其颠沛流离、东闪西躲,成员系统像蒲公英一样被吹得七零八落,连中国东北的冰天雪地里都有其公墓。在我眼里,动物园的房客,遭遇皆像犹太人,而它们的纳粹天敌,正是自称"人类"的那群家伙。

不错,动物园即收容站,或者说拘留所,但我是来探监的,不是来观赏的,我是以亲友身份来的。这样说有点矫情,但我确实这么想。每每注视笼子里的对方,那么瑰丽的皮毛、那么精致的斑纹、那么神奇的习性、那么伟岸或袖珍的形体……我都自惭形秽、羞愧难当,我觉得人类配不上它们,配不上如此丰美灿烂的生灵,不配与之为伍。

逛香山,则为消焦灼、蓄元气,更为避世。躲开车马鼎沸的聒噪、巍楼悍厦的逼视,远离骨骼与骨骼的撞击、欲望与欲望的火拼、脏口与脏口的对骂……

草木乃最安静、最富美德的生物,也是肉体最伟大的保姆:献花容以悦目、果荛以充腹、氧气以呼吸、林荫以蔽日,还承接人之垃圾和秽物……没有草木,我们真是一秒也活不成。

香山植物园,最大魅力是阔,阔得足以让人忽略其败笔:院墙和门票。除山风浩荡、野趣丰饶、地气充沛,它还有个好处:人寡。再多的人撒到如此大的林子里,也成了丛中蚂蚱,被稀释了。

人寡,则幽、则清、则定。

不过,颇为尴尬的是,面对妖娆花木,我竟无法叫出对方的名字。

成千上万的她们,我所识者寥寥。爱慕,却不知称呼;惊艳,却无从指认。甚至无法转述她们的美,炫耀我的眼福。

其实何止于我,翻翻书报,"一朵不知名的小花"、"一棵不知名的大树",懒汉比喻和无知之说,比比皆是。曾见一位母亲,带儿子在园子里玩,童声一连串地问"妈妈这叫什么",我清楚地听见萱草被说成了马兰、蜀葵被说成了木槿、鸢尾被说成了百合、茑萝被说成了牵牛,其他我也说不出了……末了,年轻的母亲被逼得声音越来越低,嗫嚅不清了。

我把此事告诉一朋友,大发感慨:现代人熟记的人名多不胜举,尤其是演艺明星,所识草木却可怜至极,真是奇怪!过了几天,收到朋友一赠书:《野花图鉴》。还有一条短信:"每次看到'全草入药'几个字,我都肃然起敬!"果然,翻开该书,几乎每条注释中,皆见"全草入药"四字。

草木深深,福佑其中;花果累累,生之有养。

我想,若有一日,自己被发配荒野,携一卷《本草纲目》,也就能活下去,芥命无忧了。

若再奢侈一点,容我多带一本书,该是什么呢?

无疑是它了。

在我眼里,《诗经》乃性灵之书、自然之书、童话之书,更是精神明亮之书。我想,从古到今,即使只有这么薄薄一册,华夏文化也堪称灿烂。后人若能承先民衣钵、循童年心性,文明又何尝堕落至此?扔掉《诗经》,遗弃它的纯真精神,背叛它的诗意逻辑和生存美学,乃悲剧之始。

《诗经》伟大在哪儿呢?夫子看得透:"一言以蔽之,思无邪。"

"思无邪",即纯洁、烂漫,即清澈、雅正。作为教书匠,夫子总不忘唠叨,续了串大道理:"可以兴,可以观,可以群,可以怨。迩之事父,远之事君。"最后,又似乎想起了什么,对小儿说:"多识于鸟兽草木之名。"

这是我极欣赏的一句话,也是酷爱《诗经》的一大隐由。

它确乎是一部生物百科全书。陆玑著《毛诗草木鸟兽虫鱼疏》,

对《诗经》里的物类作了详解，计草本 80 种、木本 34 种、鸟类 23 种、兽类 9 种、鱼类 10 种、虫类 18 种，共有动植物 174 种。而据台湾学者潘富俊统计，《诗经》藏有草木 160 种，比陆玑多出近半百。

感谢这些草木鸟兽吧，感谢这部险几绝版的大自然吧。

很大程度上，我们所谓"热爱生活"、"热爱世界"的依据，即在其中。

张爱玲读《诗经》，很为里面的情爱男女"怎么这样容易就见着了"而欢欣，兴奋得脸通红。胡兰成则解释："直见性命，所以无隔。"

不愧为情事大师，一语道破。

《诗经》里的美丽欢爱，正因人之心性和大自然息息相通，人之情思和旷野一样率真、赤裸。天光明澈，心如镜水，无泥沙拖累，无城府之深，故彼此认出、相互照见即简易得多、笔直得多。哪像今人这般诡秘周折？

什么叫"天作之合"？

《诗经》里慢慢找。懂得天地，方懂男女。

最后，我想对孩子们说一句：多闻草木少识人。

这年头，名人的繁殖速度比细菌还快，都急疯了。

草木润性，尘沸乱心。在这个信息爆炸和绿色稀疏的年代，即便"少识"，业已多识；即便"多闻"，亦然寡闻。

2009 年

30

人是什么东西

> 告诉我,你吃的是什么东西,我就能告诉你,你究竟是什么东西。
>
> ——法布尔《昆虫记》

■ 谁是真正的生产者?

植物。全世界的植物每天生产四亿吨蛋白质、碳水化合物和脂肪,释放五亿吨氧。

动物全是消费者。胃口小的属食草动物,几平方米草可养活一窝兔子,一棵树能栖息一家松鼠。食肉动物的生存成本则高昂了,一只虎要消耗好几座山头,方圆几十公里内的肉量,才能撑起它的胃。

那么,谁是最大的消费者呢?

人。他鲸吞的是地球,排泄的乃垃圾山。

他高居生物链之巅,不仅吞噬所有动植物,吞噬山川、江湖、森林,还吞噬石油、煤炭和大地的所有窖藏。他通吃一切,包括他自己。

法布尔在《昆虫记》里写道:"一位著名的研究食物的法国科学家说:告诉我,你吃的是什么东西,我就能告诉你,你究竟是什么东西。"

动物有固定食谱,松鼠吃坚果,熊猫吃竹子,考拉吃桉叶,蝙蝠吃蚊虫,蚯蚓吃腐质……许多儿歌和谜语也是照此逻辑创作的,比如幼儿园有堂课,叫《动物们的餐桌》,步骤如下:(1)小动物们来了,说说都有谁。(2)动物肚子饿了,请小朋友喂食。(3)说说分别给动物们喂了什么食物。(4)看看哪个动物高兴,哪个不开心,为什么?(5)小结:动物各有自己爱吃的食物。

专注、不乱吃,不仅乃动物习性,也是动物美德和造物主的授意。唯此,大自然才能确保有序、稳定的资源分配体系,物种比例才合理,生态系统方不致失衡。简言之,动物的嘴乱不得,一旦乱扑乱咬,世界就乱了。

这是大自然的规矩,也是万世太平之道。

本来这一切早早安排好了,物类各循其轨、各享其食。

直到现代人登场。他用爪和齿,用锋利的欲望,将古老的契约撕个粉碎。

汉字里,有个笔画繁复且容颜丑陋的词:饕餮。

传说它是一种邪恶之兽:面孔狰狞,性情凶残,脑袋两侧鼓一对肉翅,其最大特点即胃口好——"吃嘛嘛香"。

好吃之人,被称美食家尚嫌不够,自诩"饕族"。

人和动物的最大差异是什么?

教科书上说，是直立行走和制造工具。谬矣，应该是：人什么都吃。

正像顺口溜所言："天上飞的除飞机不吃，水里游的除轮船不吃，地上跑的除汽车不吃，四条腿的除桌椅不吃，长羽毛的除掸子不吃……"

若有一日，外星人来地球，捕猎一人，想据胃中之物确认其类，恐要目瞪口呆了。这个胃袋，堪称世界上最大的动物坟墓。

拿食物当试纸给动物验身，这法子适用于另者，于人则失灵。人之腹欲无穷无尽，他在成员内部制造伦理和法律，繁殖制度与文明，于外则无所忌惮。其修养、品格只针对同胞关系，一旦越过物种边境，则骤然变脸，杀气腾腾。

人曾是大自然的一分子，一个谦卑而淳朴的成员，现在造反成功，就像猴子蹦出石头，自诩齐天大圣，老子天下第一。

无法无天，乃世间最悲哀之事。

— 2009 年

31

日子你要一天一天地过

光阴尺码

北京台有档周播节目叫《七日》,其广告词这么说:"生活,就是一个七日接着一个七日。"我也做电视媒体,按同行眼光,这句话堪称神来之笔,既行云流水般地勾勒了百姓过日子的状态,又将岁月和节目画了等号,自恋了一把。

可我老觉得哪儿不对,似乎某根神经被偷咬了一口,后恍然大悟:它在光阴上的计量单位——那个"七日"刺疼了我,它等于是在说,人生即一周加一周加一周……

这尺码太大、太粗放了。它把生命密度给大大冲淡、稀释了。

若央视"春晚"给自己打广告,会不会说成"生活,就是一个春晚加一个春晚"呢?如此生命换算和记忆刻度,简直恐怖。

在地铁里,忽听一女孩感慨:你说哎,日子真快,眨眼又过年了,不就看了几部剧,听了几首歌嘛,我夏天裙子还忘了穿呢……

是啊,我们对光阴的印象愈发模糊,时间消费上,所用尺码也越来越大,日变成了周,周变成了月,月变成了年……日子不再一天一天地过,而是捆成大包小包,甩手即一周、一月。打个比方,从前是步枪瞄准,现在则像冲锋枪,突突一梭子,点射变扫射,准星成废物。

一把尺子,毫米取消了,只剩公分。

"今天几号啊?"这声音无处不在。

我自己也常想不起日子,甚至误差大得惊人。那天,我寄一份文稿,末了署日期,竟将"2009"落成了"2007"。我明白,这不是笔误,是心误。

时间的粗化,意味着人生的恍惚、知觉的紊乱。

我们有自己的时间吗

在光阴意识和时间心理上,除计量单位被大大膨化外,其标志符也越来越笼统、虚脱。

有位老兄,并非球迷,但四年一届的世界杯,场场不落,且备好啤酒,郑重地邀我陪绑,他总是感慨:"还记得吗?咱俩第一次这样看世界杯是20岁出头,可现在……人活一辈子,能看几届世界杯啊?所以要看,看仔细喽,否则都不知自个儿多大了。"

他说得很动容、很悲壮。

是啊，我们记录历程、测量岁月的凭据是什么？当然是人生的标志性事件。可事实上，除了集体式、广场化、社会性的仪式盛典和娱乐运动，我们有个人的尺度和砝码吗？一届奥运会够你亢奋四年，东道主则够你消遣十年——申报、筹备、演练、热身、火炬、金牌、送行、庆功、余热……而寻常日子里，一年到头，也就靠几部影视剧、几首流行歌、几桩名人绯闻和一台春晚给撑着。

　　再放大点说，几项大政方针、几桩新闻事件、几条娱乐路线，外加几十张明星脸，就是一个时代，就是一个时代的全部皱纹和消费内容。就是一个人从青春到中年，从风华正茂到双鬓染霜。

　　一岁一枯荣，我们不知自己身上哪儿荣、哪儿枯，哪儿发芽了、哪儿落叶了。我们遗失了自己的光阴，没有个体原点和重心，没有私人年轮和纪念物。

　　裹挟在时间洪流、公共意向和运动人群中，我们不知该为人生准备哪些"必须"，找不到自己的细节和脉络，找不到自己的星座和北斗，找不到独立而清醒、僻静且坚定的私念和价值观……每个人都兴高采烈地被推搡着、绑架着，无人情愿和能够出局。

　　替我们纪念人生、标注身世的，全是举国如何、普天如何，全是集体意识和无意识……说到底，此乃"游行式"人生，鬼使神差，围着广场或磨盘绕了一圈又一圈，像蒙眼的驴子。

　　我们没有自己的注意力。精神注意力和心灵注意力。

　　我们没有自己的时间。无论社会时间还是生物时间。

　　我们被替代、被覆盖、被代表了。

　　我们被忽略不计，也索性对自己忽略不计。

生物时间

谁还记得时间本来的模样？

最朴素的生命知觉，最正常的光阴感应，如何获得呢？

或许，人忘了自己的真实身份——生物。

这个身份和公鸡没什么两样。

我一直觉得，既然生命乃自然赋予，光阴也源于自然进度，那么，一个人要想持有清晰、纯粹的时间印象，即必须回到大自然——到这位天时的缔造者和发布者那儿去领取。

我们要靠冰的融化、草根的发芽、枝条的变软来感知早春；要凭荷塘蛙声、林间蝉鸣、旷野萤火来记忆盛夏；我们的眼帘中，要有落木萧萧和鸿雁南飞，要有白雪皑皑和滴水成冰……

最伟大的钟表，捂在农人怀里。

大自然的时间宪章，万余年来，一直镌刻在锄把上、犁刃上、镰柄上。立春、谷雨、小满、芒种、寒露、冬至……光阴哲学上，农夫是世人的导师，乃最谙天时、最解物语之人。错过节气，即意味着饥荒，颗粒无收。

时间恍惚，人的神思即陷入浑浑噩噩。

我们沉浸于街道、橱窗、商场、文件、电脑中，唯独对大自然——这位策划光阴、分配光阴的神——视而不见。我们忘了"生物"本分和血液里的钟声，像个逃学者，错过了神的讲座和教诲，也错过了赐予。

看日期，不能只看表盘和数字，要去看户外，看大自然。

它以神的表情和语言，告诉你晨昏、时辰、节气和四季。

大自然从不重复，每天都是新的，每秒都是新的。细细体察，接受它的沐浴，每天的你即会自动更新，身心清澈，像婴儿。

牢记一条：我们是生物。首先是生物。

若生物时间丢了，即丢了大地和双足。

老日历之美

日子需一天一天地过。

如此，才知时、知岁、知天命。

时间危机，即人生危机。没什么比握紧光阴更重要。

有天，突想起儿时的日历本，即365页的那种撕历，一天一页，平日乃黑字，周末为红绿，除公历日期，还有农历节气。记得每逢岁末，父亲总要去新华书店买本新历回来，用纸牌固定后挂墙上。早晨，父亲头件事即更新日历，他从不撕，而是用铁夹子将旧页翻上去，所以一年下来，还是厚厚一本。我最喜红绿两页，不仅颜色漂亮，更意味着可罢学了。

许多年了，我未见这种老历，总是豪华的挂历和台历。本以为它消失了，可去年逛厂甸庙会，我竟然遇上了，兴奋至极。

从此，我恢复了用老历的习惯。

和父亲一样，我也舍不得撕它，只是一页页地翻。

和父亲一样，这也是我每天起床后的第一道功课。

像精神上的广播操。

那感觉很神奇,端详它,就像注视一个婴儿,欣赏一片刚出生的树叶。

一页页地迎接,一叶叶地告别,日子变得清晰、丰腴、舒缓。

它还每天提醒你,户外——遥远的大自然正发生着什么:雨水、惊蛰、白露、夏至、霜降、秋分、小雪……

我又恢复了"天时"的感觉,光阴"寸寸缕缕"的感觉,日子"一天一天数着过"的感觉。

生活,不再是条粗糙的麻绳,而是一串不紧不慢、心中有数的念珠。

老日历,是我保卫生活的工具之一。

你不妨也试试。

2009 年

32

自然长大的猪

████████ 有位乡下友人,春节前总要做件事,将一头猪屠宰后分成若干份,驱车数百里赠与亲朋,叹:城里人吃不到好猪。何谓好猪呢?想来想去,即那种自然而然、规规矩矩长大的猪罢。

朋友说,猪为亲戚所养,纯天然饲料,户外放牧,属运动健将型。那猪肉确实香,加上心理暗示,更觉意义非凡。

某天,网上遇一帖:《猪是怎样炼成的—— 一个饲料销售商的话》。大意如下:

唯有专用饲料,才能让猪以最少时变出最多的肉,养殖户方赢薄利。那么,何等饲料最抢手?答:猪吃了长得快的饲料,加激素;猪吃了皮红毛亮的饲料,加砷制剂;猪吃了嗜睡成瘾的饲料,加镇静剂,如本巴比妥；猪吃了多瘦肉的饲料，加"瘦肉精"，如平喘药物盐酸克伦特罗。末了，作者坦言，饲料商和养殖户一般不吃肉，不仅猪肉，其他肉也少吃，因为家畜饲料的配方大同小异。

显然，较之祖辈，猪的一生正迎来最心惊肉跳的大变局。

从娘胎里一出来，它的生命就进入了倒计时，可谓"向死而生"。猪的生平简历，由主人持计算器按成本核算的方法来撰写。为降体耗，它几乎被取消了步履，虽有四蹄，却无路可走，其一生全部的移动加起来，也不及千米。猪的生涯简单至极，除夜以继日吃喝拉撒，就是服药。只惜，所服非灵丹妙草，所谋非得道成仙，而是为了催肥、速生。速生即速死。

一头猪，成了昏迷的药罐子，成了一间化学品仓库。

综观万年猪史，此变局旷古未有，堪称惨烈。在今人眼里，一头猪是没有尊严的，无任何关乎"生命"的属性，只剩下肉体印象和公斤概念。从小到大，人目睹的不过是一堆肉的发酵和膨胀。而添加剂，就是那酵母。

在一头现代猪身上，你已找不到天然的生物原理和成长逻辑，它不仅被剥夺了慢慢长大的机会，没有童年、少年和青春的变迁，没有岁月秩序和正常年轮，连生物钟都被篡改了。据说，被药催眠的猪昼夜恍惚，一生都在梦游，喂食时，要狠狠鞭抽才醒……

这已非自然意义的猪，亦非农业属性的猪，该叫"工业猪"、"生化猪"、"魔术猪"罢。

人眼里，已无"猪"这种生物，唯剩"猪肉"这种物质。

它的生命体征，眼神、心跳、血压……于人已毫无意义。

2006年,上海连爆"瘦肉精"中毒病例,殃及三百人。

2009年,广州惊现"瘦肉精"中毒事件,七十余人就医。

专家这样教人识别猪的良莠:用木板搭一小角度的斜面,若猪能爬上去,即达标。依据是:"瘦肉精"等药,会让猪肌肉震颤、呼吸急促、神经受损、肢体瘫软,连站立都痛苦,甭说上坡了。

如此手段的迫害,若发生在人类内部,早悲愤无语了,除"惨绝人寰"、"罄竹难书",连控诉性语言都难找。人积攒起来的全部伦理和文明,似乎只在系统内才成立,在成员间才有效,一旦跳出了物种边境,一切契约和常识皆化乌有……再滔天之卑劣,再不齿之龌行,也干得雄赳赳气昂昂。

所以,像"瘦肉精"、"红心蛋"等事件,每每败露后,人们只狭私地将之定位于"食品质量安全"问题,从未朝"生物虐待"的方向瞥一眼。即使正义之士,也只忧心猪给人造成了什么,或痛斥少数人对同胞做了什么,完全无视前个链条:人对猪做了什么。

若上帝主持一个超人间的审判庭,我想,起诉人类的冠名应叫"魔鬼物种"和"生物法西斯"。人干的不仅是谋杀性消费,还有残忍的酷刑。

其实,人在动物身上做出来的,在同类身上一样做得出来。只要文明和伦理不突破自身边界——不推向所有物种,像奥斯威辛集中营和日军"731"那样的梦魇就不会消亡。

2008年奥运前夕,为向全世界承诺运动员的餐桌安全,央视等媒体详解奥运食品的生产细节,尤提到"奥运猪"。一位供应商夸口:养猪基地远离城区、工矿和交通干线,大气、水质、土壤皆纯净无染;饲料乃欧盟认证的有机农作物,不含添加剂;生猪免疫求助天然中草药,不用抗生素;小猪每天必须室外健身两小时。该公特别指出:非添加饲料养的猪,生长期比普通猪长三个月。

初看该新闻,我大吃一惊,不禁为央视尴尬:这不是"负面报道"吗?这不是刺激同胞的神经吗?记者的认识和领导的把关皆有误啊!这等于告诉国人,我们平时消费的猪和一头国际认可的猪——多么悬殊!当然你可辩解:这是为贵客特设的高规格,以示礼遇,并不意味着低标产品危害多深,就像待客用茅台,自个儿喝二锅头。可疑问又来了:为何胳膊肘向外拐?为何内外有别呢?为何人家的高标准都是将自个儿设为消费者——而我们恰恰相反?事实上,人家从不设什么高低标准、什么生存层次和级别。甭说一届运动会,就连总统吃的东西,若和百姓在质量上有别,他就甭想干了。

所以,"奥运猪"之后果,与其说让老外对国货一百个放心,不如说让国人对国货一万个揪心。果然,马上就出现了这类声音:做人不如做头猪,做猪不如做头"奥运猪"。

突然,我又为央视庆幸,某种意义上,这是条优秀新闻啊!它披露了一个真相,即一头合格的国标猪是怎样炼成的——此猪在本土又是多么珍稀和伟大!虽按经验判断,这绝非央视初衷。

其实想想,"奥运猪"算什么呀?不就是一头规规矩矩的猪吗?

古代、近代,乃至上世纪90年代前,普天之下,不都跑着这样的猪吗?

这样的猪如今还有,必是野猪。

2009 年

33

生活在险境中

▮▮▮▮▮▮▮▮打开电视,一警官大学教授在教人同短信诈骗作斗争。另一频道,专家正详解新版百元假钞的破绽,其仿真度已让验钞机歇了菜;紧接着,主持人纳闷为何黄瓜顶花戴刺、娇若新娘?谜底是由于避孕药的滋润。再换个频道,说了两件事:一是银行卡里的钱为何不翼而飞,专家提醒,操作 ATM 机时一定要警惕可疑摄像头,以防密码被钓;二是购房纠纷,律师告诫,一定要反复推敲合同的每一句、每一字、每一标点……

好了,我都铭记在心、烂熟于心了。感谢,感恩涕零。

站起来,朝电视机深鞠一躬。

我们生活在险境中,我们居住在楚歌里。

我们警惕地、愤怒地,如履薄冰、担惊受怕地过日子。

是不是有点悲壮?

我想,我若是个傻瓜,可怎么活啊!这么多陷阱、这么多圈套和天罗地网,我何以摆脱猎物的命运?

一桩新闻——

小女孩和家长失散了,便衣警察走过来,小朋友我送你回家吧,小女孩怒斥,"走开,骗子!"便衣很委屈,我不是骗子我是警察啊,小女孩更怕了,"骗子都说自己是警察!"便衣晃晃证件,你看我是真的,小女孩撇撇嘴,朝向栏杆上的小广告,"妈妈说,最骗人的就是证件。"

一则笑话——

窃贼用入室偷的钱去买烟,烟是假的。烟主乐滋滋地去买水果,秤是黑的。果商替家里去买肉,肉注过水。肉贩子正数钞票,制服从天而降,罚款。城管拿罚来的钱去药店,药是过期的。药老板正准备打烊,手机响,老婆哭家里失窃……

谁酝酿了这样的活法?谁制造了这样的游戏?

谁能说服大家换个逻辑,取消饥饿的欲望和抢劫的眼神?谁来平息这场你中有我、我中有你的精神骚乱?谁替我们在垃圾上铺种花草,谁为我们婴回远去的童话?

我们如何才能安然无恙?

谁能发明一种催眠,让坏心眼一发芽即昏昏欲睡?谁能设计一种篱笆,让恶和恶、善和善单独在一起——就像幼儿园里的大小班?或学《木偶奇遇记》里的皮诺曹，一动邪念，鼻子就"嗖嗖"蹿出去。

童话的迷人，因为她有一个灿烂的人生公式，逻辑简单、命运可靠，前途像小蝌蚪找妈妈一样光明，晶莹就是光明。

人，何时能把自己送回去？还回得去吗？

———— 2009 年

34

人生被猎物化

你说，那"人造鸡蛋"是咋整的？那烂皮鞋咋就煮成了胶囊和果冻？你说，谁第一个想起用甲醛喂海鲜的呢？你说，怎样让王八仨月长一年的个儿……他们咋就这么聪明，化学使得这么好呢？

人人都是发明家、魔术师，人人都被逼成了质检员、化验工。

这是个人人成精的时代。

你不精，就会被精吃掉。

我想起了唐僧肉和《西游记》，里头最缺的是人，最盛的是妖。

人生，被猎物化，被拖进了丛林。

人人自危，人人忧愁，随时随地欲和全世界斗智斗勇。

人人都过着一种防御性生活。人人都在挖战壕、筑工事，然后跳进去。

这种苦力,这种为假想敌实施的备战,让人生元气大损,奄奄一息。

这不是生活,这只是紧张地准备生活。

生活和准备生活是两回事。

不是肇事者,就是受害者和潜在受害者,无路可逃。

村里人在小河边琢磨红心鸭蛋。城里人在车间里配制婴儿奶粉。

皆绞尽脑汁,皆茅塞顿开,皆肆无忌惮。

正像歌里唱的:大家一起来,一起来……

这是个怎样的循环?怎样的生存共同体?怎样的同归于尽的游戏?

我们的底限在哪儿?这筐还有底、还能盛东西吗?老祖宗的"己所不欲,勿施于人"还有人听吗?

有谁暴喝一声"停"——让大家都罢手?

想起电影里常有的一情景:彼此给对方酒里埋了毒,又笑盈盈地举杯邀明月,自以为聪明,自以为笑到最后……

天真哪儿去了?

—— 2009 年

35

熊的笑声

▆▆▆▆▆ 在围绕"活熊取胆"和"狗肉节"吵得鼎沸的这个夏天,偶见一则新闻。

芬兰英文通讯社 YLE 报道:小男孩 Otso,用了一个暑假在森林里采集浆果,并在祖母的协助下做了 400 瓶果汁,卖掉后得 200 欧元。缘起是他一年前在动物园见到一只无精打采的熊,他想,若有一棵可以攀爬的树,说不定它会快乐起来。于是,男孩打定主意,捐一棵树给动物园。

读毕,心里像喝了一瓶果汁。我听见了熊的笑声。

这是一个从安徒生童话里跑出来的孩子,带着树叶的干净和清晨的氧气。只有童话里,才住着这样的树。

这个故事有三重美:他发现了别人的不快乐,他想帮别人快乐,他用诚实的劳动去兑换。

一只熊不高兴,他觉得和自己有关,他觉得此现状应有所改变,这只熊的情绪于他很重要……于是他诞生了心愿,诞生了能力。他承揽了一个幼小的义务,其实,这也是人类的义务,它由一个孩子率先发现。

由于清澈,孩子的眼睛总比成人能够看见更多的东西;由于专注,孩子会把一件事记得很牢,看得很要紧,刻不容缓。

有人说,那只是男孩的一记冲动。不错,或许是,但冲动会沉淀,会积累出习惯,成为他和他未来的孩子的秉性,成为他们的常识、基因、家教和信仰。

儿子3岁,晚饭后,该散步了,他耍赖,不跟妈妈下楼。我脱口喊:"黑猫警长黑猫警长,月亮出来了,快去执勤!"他一怔,丢下玩具,冲下楼。

我醒悟,对小儿来说,童话情景就是生活情景,他从童话里认领的角色和命令,远比现实委派的更具诱惑和号召力。

小时候,童话就是我们生活本身,长大后,它才被当成了文学。

好的环境,是荫佑童话的那种,它支持童话人格,鼓励你一生携带。而坏的现实,不仅不保护童话,还狠狠撕咬它、粉碎它,靠背叛它换取"成长"的信任。

列夫·托尔斯泰曾深情地感念儿时父亲教他的书和游戏,他叹道:"我难道不是在那一时期里获得了我现在赖以生存的一切吗?我的收获是如此之大,并且神速。在我一生的其余岁月中所得的全部馈赠,都不及那时的百分之一。"

童年的价值观,是人生衣裳的第一粒纽扣,决定一生的精神走向和心灵格局。若它是端正高尚的,那么,在漫长的岁月里,请别让它轻易脱落,更别粗鲁地扯下它。

这个夏天,网络上还疯转过一条"虐驴男"的图片新闻:西藏阿里,蓝天白云,一名戴墨镜、姿态傲慢的男子站在辽阔的草原上,手持血刃,正从一匹下跪的藏野驴身上割肉,竟然,他还在笑。

藏野驴乃国家一级保护动物,怒唾声中,"虐驴男"很快被绳之。经查,此男子和同伴在驾车途中,疯狂追赶、撞击藏野驴,并将奄奄一息的藏野驴开膛破肚,拍照炫耀。

这是个怎样的人呢?他扮演了一头野兽,并沾沾自喜。虽衣冠楚楚,但精神上披着皮草,呲牙咧嘴。

他也曾是一个孩子,何以生成今日这副嘴脸?

或许他从未读过安徒生的童话,或许读过,却打扫得干干净净。总之,他属于系错了钮扣或丢失了钮扣的人。

又想起了那些为"活熊取胆"和"狗肉节"自辩叫好的人。

其实我很想看看,他们的胸襟上,是否有纽扣脱落的痕迹。

是缝得不够结实?还是外力的摩擦太大,在与现实一场粗暴的扭打之后弄丢了它?或视之为幼稚而在某个夜晚怀着虚荣偷偷埋葬了它?

全世界的儿童皆无区别,只是长大后才有了区别,乃至天壤之别。

有人能听见熊的笑声,有人连亲手制造的哭声都听不见。

2014 年

36

窦娥冤，果子狸

> 任一物种的消亡，都等于一位亲友去世，人类的孤独都应加剧一分。
>
> —— 题记

2003年，一名不见经传的小动物成了明星、灾星，成了世人心头一块病。

翻开动物词典，对它的注解是：哺乳纲，灵猫科，头部有七朵白斑，俗称"白鼻心"，喜食果类，又叫果子狸。

动物的不幸，皆因激发了人的某种欲望。不知从何年何月起，果子狸成了食客垂涎的唐僧肉。"萨斯"前夕，广州市面上，一只果子狸售价逾千元。

时刻准备牺牲，成为一道菜，动物真够命苦。可倒霉到这份上还不够，2003年5月23日，深圳疾控中心和香港大学联合声称：从果子狸标本中分离出的"萨斯"病毒，经基因分析证实为人类"萨斯"病毒的前体。

"谈狸色变"开始了。但我想，说不定小东西因祸得福，从此躲过口腹之灾了？

最初还真是。据调查，"萨斯"期间，有两个好态势：一是吃野生动物的人少了，一是公款吃喝骤减。不过，我还是幼稚了，据《天府早报》描绘：某日，成都某镇村民逮住了两只怪模怪样的小动物，开始还逗着玩，但很快验明正身，它们正是传说中的"萨斯"元凶——果子狸！咋办？挖了个深坑，活埋。

从重从快啊。恐惧已变成愤怒和仇恨，直透着"人见狸皆可杀之"的架势。对其他野生乃至家饲动物，人的眼神也不对了，有心惊肉跳、神经兮兮者，竟把自家小狗从楼上抛出……

有人辩解了：总要先保人类安全吧？

不错，动物身藏寄生虫和病菌，但就像人体携带病菌一样，乃生命体的一部分，携带者未必是病人。而且，许多病菌在动物身上致病率很低，只有闯入人体才演变为灾，比如艾滋病毒，在猴体内安然无恙，至人身上才事发。比如，黑死病毒来自老鼠，埃博拉病毒源于猩猩……当饕餮族大嚼山珍野味时，往往就顺便开启了"潘多拉"的盒子。再者，对人与动物的共患性疾病，你很难指认谁是元凶，谁殃及谁？一味指责动物于人之不利，从不考量人对动物之不义，太不公平了，有悖自然伦理。

就在世人磨刀霍霍，欲对果子狸及亲属实施大清洗时，6月20日，中国农业大学宣布：七省市采集的76份果子狸样本及其他野生动物样本中，均未见"萨斯"病毒。

这消息，对已被押上法场的果子狸来说，不啻暂缓执行的大赦令。

可，我又高兴早了。8月12日，国家林业局签发"林护发2003-121号通知"，54种陆地野生动物被正式批准可从事商业经营，果子狸榜上有名。

既喜又忧啊，喜的是它终获平反，甩掉了"萨斯"元凶的黑锅，忧的是它虽不再遭白眼，却招来了红眼和油锅。据闻，在广东，该通知刚下发，"红烧果子狸"的招牌就揭竿而起。

还是那个命，不活埋你，就该烹你了。

总之，你不下地狱谁下地狱。

2

由果子狸，想到了人的胃。

什么东西的胃最深不可测？鲨鱼？豺狼虎豹？可再怎么厉害，它们也逃不出人的胃囊——它堪称最大的动物坟墓。

"天上飞的除飞机不吃，水里游的除轮船不吃，四条腿的除桌凳不吃，长着毛的除掸子不吃……"再提两道菜名："龙虎斗"，啥意思？将蛇、猫一起烩，粤菜名吃；"三吱儿"，即活食白鼠仔，动筷第一声叫，蘸料第二声叫，入口第三声叫。资料显示，最大的野生动物消费地乃东亚，尤以港粤为盛。餐单上，你尽可指点猴、熊、鹿、鲨、鳄、孔雀、天鹅、蜥蜴、穿山甲……仅野生蛇，广东年消耗就达数千吨。

每看《动物世界》，看蓝色海面上，那一尊尊伟岸的鲸躯、一柱柱美丽的喷泉……我都隐隐动容，对这幅壮阔的生命景象肃然起敬。那一刻，我觉得世界真美好，有这样伟大的身躯陪伴人类，多么温暖和值得庆幸。然而有一天，当看到那伟大被切成一个个小方块，一动不动地躺在冰凉的货架上，且贴有日文冻肉标签时，你会目瞪口呆。

在日本，鲸肉一直被作为宴会和节日佳肴。上世纪80年代，在国际压力下，日本曾宣布放弃捕鲸，但1987年后，打着"科学研究"幌子的捕鲸船再次起锚，年捕量六百余头。如今的日本，鲸肉料理店随处可见。

从一百年前开始，工业技术便用以征服这种庞然大物。今天，99%的蓝鲸已遭杀戮，北大西洋露脊鲸不足三百头了。虽然国际社会于1986年出台了《禁止捕鲸公约》，但仍然有数万头鲸血染大海……

我想，当最后一头鲸沉没的那天，海洋的落日，会是怎样的凄凉和悲怆？

前几年，国人无不熟悉一句广告词：人人都为礼品愁，我送北极海狗油。海狗，海豹也。销售商宣称，海豹油有延年益寿之功。还有用雄海豹下体炮制的"海豹鞭"，所谓"滋肾壮阳，好男人必需"……这小小的礼品盒里，竟盛着海豹的一条条命。

有位西方人描述了这样的情景——

> 三月，雌海豹分娩的季节。它们成群来到北大西洋的浮冰上。在我五米开外，一对亲昵的母子正享受阳光的抚慰，它们不会想到，一场杀戮正在逼近，每年有数十万海豹被猎杀……猎人从正吃奶的小海豹嘴里夺走雌海豹，熟练地将之掀翻，抽出短刀，在惊呆了的小海豹面前，划开了妈妈的肚子……小海豹被丢在那儿，它很快会饿死。海豹被虐杀是因为亚洲有着巨大的市场，尤其在中国。

3

"食不厌精,脍不厌细",确乎是国人口福。但医学证明,传统的饮食文化有很多陋习:所谓"吃什么补什么",纯属无稽之谈;飞禽走兽历来被视为美脍珍馐,"鸡鸭鱼肉赶下台,王八毒蛇爬上来。燕窝熊掌才够味,虎鞭飞鹰最气派",可事实呢?这些野味于人体究竟有何补?营养数据显示,一只鲍鱼相当于一个鸡蛋,一碗鱼翅汤约等于一碗粉丝汤。

除了猎奇和奢侈营造的生理幻觉,人什么也没得到。换言之,食客消费的并非成分,而是其身份——"稀有"之自然身份和"昂贵"之市场身份。其成分毫无意义,重要的是其角色,是获取的难度和竞价的激烈。说到底,一场彻头彻尾的虚幻消费,满足的不是胃,而是等级心理和地位、规格等社会附加值。

饮食主旨乃营养和健康。在蛋白质、碳水化合物、热量等指标上,家饲动物不仅不逊于野生动物,反远胜之。更要紧的是,多数野生动物肉类含有毒素和致病菌,尤其是蟒蛇、穿山甲等爬行类。动物与人类共患性疾病有一百多种,比如猕猴,大都携带B病毒,挠人一下,甚至朝人脸啐一口,皆可致感染;比如被誉为"山珍"的国家一级保护动物——巨蜥(别名"五爪金龙"),身上至少有四类寄生虫,在一条普通巨蜥身上,科研人员验出了近七百个虫体。

真是无知者无畏啊。很多时候,是人类自个儿拉响了手榴弹。

一个多世纪前,恩格斯在《自然辩证法》中告诫同胞:"不要过分陶醉于我们对自然界的胜利。每次这样的胜利,自然界都报复了我们。每次胜利,在第一步确实取得了我们预期的结果,但在第二步和第三步却有了完全不同的、出乎预料的影响，常常把第一个结果又取消了。"

4

不仅是野生动物，连与人有着特殊情感关系的宠物，也掉进了人的胃囊。

前几年，《北京晚报》登了一篇调查：《广东寒冬日均吃猫一万只》。而这些猫，多是从外省收购或诱捕来的。有一网友，在帖子里写道："我养着一只可爱的小猫，它是我生活的一部分。看到竟有人残忍地吃它们，我觉得脊背发凉，觉得恶心……我已不愿或不敢再看这类报道，每次心里都难过，更难过自己做不了什么，只有默默祈祷那些动物变得聪明一些，躲过人类的捕杀，再诅咒那些坏人得到报应。"

被伤害的，不仅是无辜的生灵，还有人类美好的情感和人际间的印象。可以想象，一个养猫人和食猫客，一个养狗人与屠狗者，彼此的敌视和仇恨有多深。

海吃、黑吃、暴吃、通吃……如此下去，也许有一天，只剩人类自个儿了。

联合国环境署的资料表明：自地球出现生命以来，曾有过数亿种生物，至上世纪末已灭绝了99%，其一半是在近三百年内消失的，这一半中的60%又是在近一百年内消失的。保守估计，地球上的动植物正以平均每小时一种的速率消失。

在德国一家以环保为主题的公园里，老师带着孩子走到一木屋前："里面藏着世上最凶险又最濒危的动物，你们猜猜看是什么？"童声喧哗,有说狮子,有说恐龙。最后,门开了,迎面扑来一面镜子,孩子们看到了最悲剧的动物:自己。

比尔·麦克基本在《自然的终结》中写道:"我们没有创造这个世界,而是正忙于削弱它。我们要找到如何使自己变小一些,不再是世界中心的办法。"

中国学者唐锡阳也说:"人类要谦虚一些、慎重一些、节制一些……倡导生态文明的关键,是要摆正人在大自然中的位置,'人'字原本多大就写多大。现在写得太大了,应该写小些,更小些,写在原来的位置上。"

2004 年

37

我们拿什么送给孩子

大地的礼物

丹麦日德兰半岛的一个山谷里,住着一位林务员和他7岁的女儿。这本是一个幸福之家,可自从年轻的主妇去世后,笑声便失踪了。

这年夏天,汉斯·安徒生来这儿度假。很快,小女孩的黯然、那双漂亮眸子里过早闪烁的忧郁,深深刺疼了诗人。他痛苦不安,为命运的残酷而伤感,甚至自责:"原谅生活吧,亲爱的孩子,我们没能把足够的欢乐和幸福交给你……"

一天,他在林子里散步,发现草地上有许多蘑菇,不禁心中一动。

翌日，诗人邀请自己的小朋友去那片树林。突然，女孩尖叫起来，兴奋得脸通红，因为每簇蘑菇下都藏着一件奇妙的小玩意儿：一颗银纸包的糖、一朵蜡花、一条缎带……红枣不见了，大概给乌鸦叼走了吧，诗人心想。他微笑地看着这一切，女孩欢快得像一只小鸟，蹦蹦跳跳，眼里燃烧着莫大的惊喜……诗人骄傲地宣布：这些都是"地精"爷爷藏在那儿的，是他送给每个善良人的礼物，你获得了，因为你是个好孩子啊！

后来，在一辆夜驿车上，安徒生给旅客说起了这桩往事。"您欺骗了天真的孩子。"穿黑袍的神父气愤道："这是大罪孽！"诗人也激动了："不，这不是欺骗！我坚信，无论任何时候，她的心都绝不会像没经历过此事的人那样冷酷无情！"

不错，这正是童话的价值和美德。

它将善良、温情、爱意、公正、信任等种种美好的元素和生活逻辑，将我们不慎迷失的东西重新找回来，对命运的缺憾和心灵的亏损施以弥补。它尤其告诉孩子们：什么是美？生活为了什么？美好的生活应该有什么？如何发现、壮大自己的梦想……

有教育家说过："如果一个孩子在7岁时知道了什么是美，他就会用一生去寻找美！"

许多年后，一位风烛残年的老人，重新回到那片草地上。

他没能再见到那个小女孩。但他确信，她一定是位美丽的姑娘了。

当他蹒跚着低头找什么时，一个小丫头不知从什么地儿跑了过来，她好奇地眨着眼睛，柔声问：

"老爷爷，您丢失了什么？我可以帮您找回来吗？"

老人的眼睛湿了。

没什么比这更能抚慰一颗孤独的心了。在这个天真的新人身上,他已找到了要找的东西:快乐、自由、健康、善良和美。

森林被杀害,童话被杀害

森林,这大地最美丽的皮肤。

它既是人类童话的策源地,也是童年最亲密的襁褓和摇篮。就诗意和童趣而言,再没有比森林更丰富的大仓库了。

父母、老师能给孩子的最好惊喜,就是带之去拜访一片很大的林子,到参天大树中间去,到野菇、山雀、鸣蝉、小溪、浆果、松鼠、蒲公英、啄木鸟的营地里去,指着那些事物,告之那些洞穴、树精、怪石和动物的传说……

几乎所有的童话都离不开森林,几乎所有人性的灿烂想象、美德传奇都是在树林里发生的。有诗人说得好:"树是一种幸福的意象。"可以说,包括人类在内的所有生物的命运,都与树的遭际有关。

不知从何时起,森林已缓缓退出了童年生活的视野,大地不再被绿色覆盖,刺眼的沙丘沦为大自然的尸布。就连我这代人,阅读半世纪前的文学时,对其自然描述都不胜惊讶,那些草木鸟虫的名称大部分我是不熟的,甚至闻所未闻。无疑,曾经再寻常不过的它们,已被滞留在了历史记忆中,成了自然馆的档案。未来的孩子,只能在封闭的展厅里,面对僵硬的标本,遥想逝去的年代了。

那部林蝉泉涧、莺飞草长的经典风光,已悲愤地与人决裂。

还有教育的失败。成人教育者对诗意和美感的无知,数理的枯燥,分值的粗暴,厚黑心术对纯真的篡改,利益式教唆对童心的扭曲……

现代社会，像安徒生那样的成年人，再也找不到了。

物质繁荣以大规模消灭资源为代价，教育也随之变成了产品消费指南——远离自然物语和生命美学。不错，表面上"童话"越来越多，"卡通"越来越绚烂，但定睛便发现，它们中已闻不见草地的湿润、野卉的芬芳，更不见呦呦鹿鸣……代之的，是马达的轰鸣、游戏币的诱惑、火箭的呼啸、战争的模拟、科技恐龙和外星人……对大自然来说，比现代童话受冷遇更悲哀的是：正因缺少了画外参照——外界已找不到本色的自然物象，才注定了它画内的缺席！即使现代卡通模拟出了大自然的"诗情画意"，孩子们也会错愕：真的么？

现代童话就像脱水的河床、榨干的池塘，干涸得厉害，皲裂得厉害。森林的毁灭，是否意味着人类"童话时代"的终结？上帝赋予人类童年最晶莹的礼物，就这样被现代化的狼烟吞噬掉了？

儿童的想象力已不再寄予大自然，其感官和画笔已不再投放在湖泊、花草、动物身上，这是多么可叹的事。要知道，孩子的肢体与心灵应是和自然最亲近的，大自然应是儿童最优美的老师、最健康的乳娘，除了教之生动的常识，还教之善良、诚实、慷慨、勇敢和一切美的天性。

20世纪，神被杀害，童话被杀害。

最醒目的标志即人对大自然不再虔敬，不再怀有感激之心。从某种意义上说，这是一个丢失美好元素最多的世纪。战乱、血腥、种族倾轧、恶性政治、生态破坏、恐怖主义、物种灭绝、机器威力的扩张……一切都在显示，20世纪是一个财富和权力的欲望世纪，一个仅供成年人生存与游戏的世纪。

"现代化"，更是一个旨在表现成人属性和规则的概念，它在本质上忽视儿童。

童话、诗歌、音乐、宗教……这些曾与生命结合得那么亲密的事物，在数字工具面前，在物欲时代面前，褪去了昔日的光芒，丧失了影响世界的能力。

20世纪的成人，乃最自私的成人。

当捕鲸船把海洋变成了血泊，当最后一只翠鸟被从天空中拐走，当最后一件雪豹的衣服被人披在肩上，当最后一头逃亡的犀牛在沼泽里奄奄一息……我们还有多少献给童话的东西？我们还有多少能让孩子大声朗笑的礼物？

童话是伟大的。其伟大即在于：它让每个孩子都相信每个梦想都可成真！

格林童话《青蛙王子和铁亨利》开篇道："在那个梦想尚可以变成现实的古代……"

啊，古代，古代（这个词的美学含量竟超过了"未来"）。一个通体诗意的句子竟如此令人伤感，甚至绝望。是啊，这个世上，还有多少可按古老逻辑和法则自由转换的梦与现实呢？还有多少可让孩子自由描绘、怎么想象都不过分的前景呢？

什么巫术让"古代"和"现代"变得势不两立？

—— 2003年

38

老北京的童话

肩摩毂击众争趋,锣鼓喧天达回衢。
最是儿童喜欢物,空竹喇叭大葫芦。

——《厂甸竹枝词》

1

若问老北京人:农历新正的头等事是啥?

恐怕异口同声:过大年,逛庙会!正如《厂甸竹枝词》中所唱:"一元复始报春晓,厂甸游人迤逦来。但见街头陈百货,准知吕祖庙门来。"

庙会初叫"社祭",辽代称"上巳春游"。它源于庙前定期的宗教活动,渐渐人气兴旺,由庙扩市,成为兼祭祀、商贸、欢娱于一体的大型民间集会。

北京寺多,庙会亦多,史有"八大庙会"之说。张中行先生忆道:"每旬的九、十、一、二是隆福寺,三是土地庙,五、六是白塔寺,七、八是护国寺,几乎天天有;加上正月初一的东岳庙,初二的财神庙,十七八的白云观,三月初三的蟠桃宫……你会说北平真是庙会的天下。"(《北平的庙会》)

而作为春节盛事的厂甸庙会,更与金陵夫子庙、上海城隍庙、成都青羊宫并称中国四大庙会。

厂甸,本是城南一条小胡同(现宣武区南新华街路东),辽时叫"海王村",元明曾在此设官窑烧琉璃瓦,"琉璃厂"始有名,窑前散地即被称作"厂甸"。附近有三栋庙——火神庙、吕祖庙和土地祠,因香火兴旺,且都在正月开庙办市,百姓烧香求签的当儿也顺便赶集购货,久之,这一带的摊点便连成了片,且有了个更大的名号:厂甸庙会。

清光绪年间的《厂甸记》中道:"平时空旷,至正月则倾城士女,如荼如云,车载手挽,络绎于途。"

2

厂甸庙会始于明嘉靖,兴于清康熙,盛于乾隆。对其盛况,清人潘荣陛的《帝京岁时纪胜》描述道:"每于正月元旦至十六日,百货云集,灯屏琉璃,万盏棚悬,玉轴牙签,千门联络,图书充栋,宝玩填街。更有秦楼楚馆编笙歌,宝马香车游仕女。"

吾生亦晚,追不上老辈的厂甸庙会,但三十年前齐鲁乡下的春节大集(当地叫"赶春会"),我记忆犹新。作为一年生活的最高潮,其热闹和缤纷,其赐予一个小儿的欢腾,堪用"梦牵魂绕"形容,加上逛过新版厂甸,揣摩起它的昔日风光来也算有谱。

据我的经验,庙会最诱惑孩子的,是"耍货",即玩具。清人孔尚任在《早春过琉璃厂》中说:"其余吹器多,葫芦声鼓荡。画角仰天鸣,冰柱抽一丈。"招摇过市的冰糖葫芦,猎猎作响的大风车,嗡嗡嘤嘤的抖空竹,乃著名"老三样"。其余更是琳琅满目:琉璃喇叭、扑扑登儿、风葫芦、江米人、吹糖人、小鬏人、彩面塑、花脸、胡子、泥鸟登枝、鸡啄米、转花筒、竹节蛇、纸蝴蝶、布老虎、玻璃瓜果、彩绘蛋壳、蜡鸭子、袖箭、弹弓、竹木刀枪、手推蝴蝶车、秸秆或砖料做的楼台殿阁、各式花炮、灯笼、风筝……

齐鲁距京不远,民间手艺相近,故上述玩意儿我大多都熟,也在"春会"上买过,一玩即大半年。遗憾的是,伴随童年结束,在老家,这些玩意儿便和"春会"一起蒸发了。所以,当它们魔术般地从北京的新版庙会上变出来时,我激动不已,若故人相见,若大街上忽遇发小。当然,它们今非昔比,少了点土气和野性,多了股洋味和时尚,且有了个新名号——"非物质文化遗产"。它们是来展演的,是作为"纪念物"供人怀旧的。即便如此,我亦满足。

望梅止渴的满足。

和由模具锻压出来的化学玩具不同,这些耍货——草编、纸扎、木凿、泥塑、布艺,都彰显了农业时代的品格:植物性、乡土性、手工性、个异性。耍货的快乐,是农桑技艺揉捏出来的,是心灵手巧剪裁出来的,是和花果蔬菜一样——由大自然和农家院里土生土长的。无论材料、属性、机趣,还是生产和买卖方式,和现代玩具都迥异。

其实,"年"本身即农历,即洋溢着草木和莽野气息。细品你会发现,农业出身的耍货,和"年"竟那般神形匹配、气味相投,有一种深沉的默契。

耍货令小儿痴迷，也让成人沉醉。正月的厂甸，是老北京的童话。在这儿，每个人都成了孩子，每个孩子都领到了朝思暮想的玩具。

3

庙会小吃更是繁多，甜咸荤素麻，烙烤蒸炒煮：艾窝窝、炸三角、豌豆黄、煎灌肠、炸酱面、羊霜霜、焦圈、薄脆、凉糕、扒糕、年糕、枣糕、八宝茶、杏仁茶、老豆汁、炒肝、爆肚……连这条街上的空气，都成了免费大餐，让人徘徊连连，颊齿流香。

和现代人逛商场、泡酒吧、进游乐园不同，庙会的吃喝玩乐，堪称大街上的"嘉年华"，是露天的快乐，是摩肩擦背、拥搡挤推的快乐，是无须门票、任意领取的快乐。

旧厂甸最有名的，还数东西琉璃厂街的书肆，荣宝斋、一得阁、戴月轩、博古斋、宏宝堂……使得它在京城八大庙会中有"文市"之誉。

明清两朝，厂甸附近会馆云集，赶考的文人扎堆于此，至乾隆三十八年，《四库全书》编撰开馆，召两千多士子参修翰林院，更使得这儿书肆林立，多时近两百家，经营经史子集、旧书善本、金石玉瓷、碑帖字画、纸墨笔砚、篆刻章料……《北京风俗杂咏续编》语："新开厂甸值新春，悦好图书百货陈。裘马翩翩贵公子，往来多是读书人。"在厂甸庙会的热闹中，书摊的分量尤重，既有琉璃厂店铺的，也有外来练场子的，包括著名的三槐堂、宝书堂等。

因了这份文气和雅性，历代名士与厂甸缘分颇深。史家孙承泽住在附近的后孙公园胡同；诗人王士禛住在火神庙西夹道；"布衣御史"朱彝尊住在海柏胡同；梁梦龙的梁家园、纪晓岚的阅微草堂、孔尚任的岸堂、李渔的芥子园及钱大昕、罗聘、李文藻等故居，皆环左右；梨园的程长庚、谭鑫培、余叔岩、梅兰芳、裘盛戎等，也衔此为邻。

鲁迅寓京13年，有日记可查的逛厂甸即四十余回，每年庙会更不曾落下。徐悲鸿、老舍、齐白石、张大千、胡适、郑振铎、张伯驹、朱自清……都在琉璃厂的书阁瓦肆间，留下了身影。

遗憾的是，如今的琉璃厂经一番豪华修葺和招标，小的书铺已飘零至潘家园了。新版的厂甸庙会，已显得文气大伤，倒是吃喝占了上风。加上"耍货"数量有限，"展"、"演"目的远大于"销"，往往几日内便货尽摊散，所以我建议您趁早去，晚了只能喝豆汁了。

4

老北京有谚：大年三十熬一宿，正月初一扭一扭。

这"扭"，说的便是赴庙会看耍戏。由于北倚前门大栅栏，南衔天桥场子（皆为老北京最热闹处），厂甸便引了大批江湖把式和艺人来凑趣。《都门竹枝词》中说："琉璃厂上好风光，旱地行船小作坊。"描述的即庙会一景"跑旱船"。其他的撂地和曲艺更不胜枚举：中幡、摔跤、秧歌、高跷、跑驴、太平鼓、舞狮、京戏、皮影、木偶、西洋镜、拉洋片……可谓观者如潮，人气冲霄。

古玩字画，吃喝玩乐。四百年了，厂甸庙会以雅俗共济、商娱相融之特色，充当了京城百姓的狂欢节。这条地图上不起眼的街道，平日寂静，一俟正月，即幻化出神奇的力量，变成了一个盛大缤纷的万花筒：孩子的玩具、百姓的口福、文人的雅兴……都在里面。

它是老北京人对自己一年劳碌的最大犒赏，它把攒了一年的好吃的、好看的、好玩的，把憋了一年的乐子和欢劲——全撒了出去。

5

作为由祭而生、傍庙而兴的民俗,现代史上,厂甸庙会与其他传统事项一样,几经沉浮——

民国七年(1918),市政当局正式批告:以厂甸和海王村公园为中心,正月初一开市,十五结市。由此,它成了京城唯一的官设春节庙会,步入全盛期。即便是最萧条的1945年,客流量仍达二十万人,占驻京人口五分之一。1949年后,虽经济转为官控模式,但自发的厂甸庙会依旧红火。从1960年始,生活物资匮乏,加上修路,它曾歇息三年。待1963年重启时庙会再次火爆京城,客流量逾四百万人次。"文革"后,随着对佛事和民俗的封杀,所有的庙会都消失了……

它的再次回归,是2001年。

三十年,足以作古多少人和事?足以流逝多少地点和记忆?足以让多少东西面目全非?

在高厦林立、庙影消殒的今天,庙会——更多地变成了一场摹旧仿古的演出。从气象到构造,它都不再是真实的生活现场,而是以展览和怀旧的姿态进入视野,进入了时尚序列。无论生产者还是消费者,心态都不同于旧时,"过大年,逛庙会"这一古谚,在今日语境中,多少有股祭奠的意味了。

即便如此,只要在京,逢正月我还是要去的,去赴这场约会。毕竟,透过这条复制的大街——犹如时空隧道,让我重温了一个古老童话,让我与祖辈们的快乐不期而遇。

6

变和巨变是一种意义,不变和少变也是一种意义,甚至是更大的意义,蕴含着珍贵的未来价值。

何为"文化"?说到底,即拖时代后腿的东西,即"落后"的力量和"向后"的价值,即一辆车的后视镜、刹车系统和减速装置。当你奔驰太快或拐弯时,它提醒你慢下来,看看来路,看看沿途,想想身世和为什么出发,接下来如何更稳健、更安全、更均衡……

所谓的"经典"、"传统"、"习俗",也是这道含义,皆意味着一份古老的生活契约和家史,一种光阴深处的沉静和定力,一套与"现代"、"时尚"反向的价值和逻辑。它们承载着风物、日历、基因、记忆、祖祖辈辈的生存故事,它们告诉你"你是谁",提醒你"从哪里来,到哪里去"。

某种意义上,只有"文化",才永远时尚;只有"古老",才永远年轻;只有"陈腐",才永远神采奕奕。

而真正的文化,并非陈列在纪念馆里,也不在博古架和展览会上,那不过是亡者之骸。它应该是活的,活在原来的地点,活在人的日常习惯中。它的载体不是档案和文献,而是人的呼吸、体温、脑海和举止。一座有文化的城市,应像晨钟暮鼓一样,时常响起历史老人的咳嗽声;应有能力收留、维系和传递一种"不变"。其真正考验的,并非政府的投入和保护(那只对遗址有用),而是来自民间的热爱、秉持和消费,及民间精神的自信与定力。

张中行说:"我总以为北平的地道精神不在东交民巷、东安市场、大学、电影院,这些在北平精神上讲起来只能算左道。摩登,北平容之而不受其化。任你有跳舞场，她仍保存茶馆；任你有球场，她仍保存鸟市；任你有百货公司，她仍保存庙会……"（《北平的庙会》）

先生又说："庙会使人们亲密，结合，系住每一个人的心。"

是啊，无庙会的春节，即像露了馅的饺子，寡淡乏味。

有了这红红火火、大俗大雅的闹腾——农历大年才有了活性，才有了喜庆劲儿，有了满眼的冰糖葫芦和风车，有了冲霄的锣鼓与吆喝。这正月的京城，才有了容光，有了精气神。

2006 年

39

柳泉人烟

近年,旅途每涉一地,在某个刹那,都会蓦然闪出一念:这是在哪儿?此地有何异于别地?

我会反复叨念眼前的地名,尤其那个和美誉有关的别称,并判断它是否名实相符,之间是否有迹可循,比如栖霞、白玉、日照、怀柔、泉林、泡池、稻城、苍梧、安溪、雁城……

这种强迫症似的做法,于我像个仪式,因为我愈发难把一个城市和另一城市区分开来,在视觉和物象上,它们太像了,广场、楼盘、街道、广告、地标、时尚……几无二致,犹如相互抄袭的作业,作为"远方"、作为"异乡",其证据严重不足。

城市正逐渐丧失自我的角色感和独立性,其尊严正一点点流失。它很难让人迷恋,更难让人器重。就连那些所谓的古都名邑,多也只剩一副干枯皮囊，彼此之别，仅在几方遗址而已。

故近年，我的旅行，多疏远城邑，亲近旷野。换言之，即离开"人类的成就"，奔赴"大自然的成就"。

不过也偶有惊喜，今夏路过"泉城"，于历下区徘徊两日，竟在我心里植下一大片荫凉和水光。那荫凉，晶莹飘逸，犹如绿云，来自水岸风情的柳树，那些古株，影影幢幢，透着些许《聊斋》里的气息，想想"柳泉居士"蒲松龄相去不远，想想大诗人王渔洋在此挽柳结社，便也心释；而那水光，明灿灿、湿漉漉，来自大明湖的浩荡烟波，来自无名泉畔的汲水瓦罐，也来自泰戈尔告别济南后的那句诗："我怀念满城的泉池，它们在光芒下大声地说着光芒。"

这位印度老人，也许把具体的泉名、景致和美食都忘了，只留下了一记精神印象：光芒。

这光芒，有一股居家的恬静，有一缕白云苍狗的悠闲和福祉的味道。

无疑，这些泉，在这块叫"历下"的地方，住得很安适。

济南古称"泺"，后称"历下"，至今有两千年历史。"四面荷花三面柳，一城山色半城湖"，这番描绘，于今日体积倍增、平宅渐消的济南，已从写实变成了写意。不过，于济南府所在的老"历下"，尚算合身。

一座城池，有没有灵魂，要看它光阴深处有无"不变"的东西。

那天，黑虎泉畔，遇见一群挂满瓶罐的自行车，显然，里面盛的是泉水，它要被用来煮饭或泡茶，伴随一阵铃铛和铃铛般的笑语，我突然肃然起敬，对着那一只只瓶罐，我觉得里面装的是这座城的灵魂，是几千年祖传的炊烟，是一种信仰……我似乎第一次相信了那说法：这是一座由泉水喂养大的城市。

老百姓对泉水的那份信任、那份依赖、那份爱戴，难道不是一种至高的信仰吗？

这是对天地的信仰。泉，是有德之物，是人间大美，是最高品质的水。它的孕育和生成路径，本身就是一套完美的过滤系统，本身就是一场对水的塑造。再优良的净水机，也不过是对该系统的蹩脚模仿，或者说，是一次向该原理的致敬，是一次向这种伟大的献媚。

所以，大凡装进瓶子里出售的水，都要贴个"泉"字的商标。

在"天下第一泉"的趵突泉畔，见康熙御笔的"激湍"二字，不禁心颤。这"激湍"，不正是泉城的种子吗？不正是济南府的源头和原始动力吗？

泉，是水的一种境界。正因如此，泉的体量和"势"通常不大，气质也是低调含幽的，呈现一种珍稀性和隐蔽性，但到了济南这儿却性情大变，它忽然发飙，豪情万千，一下子抛出七十二名泉和无数小喽啰，它们簇拥出了大明湖的磅礴，营造了"家家泉水、户户垂柳"的浪漫——作为北方人，这是我心目中最理想的市井格局和居住生态。

据当地人讲，十多年前，几大名泉时有枯竭，济南人的眼被刺痛了，他们掀起了"保泉"运动，关停所有自备井，节约用水，涵养山麓，提升地下水位……几年后，趵突泉终于率先复喷，"激湍"又回来了，生活又回来了。

我一直觉得，人类的最高成就，就是保卫大自然成就的成就。而一座美好之城，应是在大自然成就上精心点缀的人类成就，无论它再大再繁华，也应有"乡"的品质和"农"的气息，无论它再新潮，也应有藏"旧"的习惯和定力。

"上帝创造了乡村，人类创造了城市。"英国诗人库柏说。

问题是，人类在自我膨胀的时候，是否还能听取上帝的意见。

大明湖、小沧浪，立在"佛山倒影"的石碑前，遥想《老残游记》中的情景："对面千佛山上，梵宇僧楼，与那苍松翠柏，高下相间，红的火红，白的雪白，青的靛青，绿的碧绿……正叹赏不绝，忽听一声渔唱。低头看去，那明湖业已澄净得同镜子一般。那千佛山的倒影映在湖里，显得明明白白。那楼台树木格外光彩，觉得比上头的一个千佛山还要好看……"

一个孩子，要是不长大该多好。我想起北京什刹海的"银锭观山"，据说站在低矮的银锭桥上，引颈西眺，可见遥远的西山翠色，原因是背后顾长的湖，打开了一个辽阔的扇面视角。"银锭观山"乃燕京名胜，明代即有记载，我虽多次走上这座小桥，皆未如愿。但我相信它是真的，那是北京童年的事。

"佛山倒影"和"家家泉水、户户垂柳"一样，是历下的传说，是济南的童话，是一个城市的乌托邦。

如今，明湖居前的对联是："书韵如闻小玉唱，茶香留待老残游。"推开时间的门，我走了进去。

2013 年

40

文化即拖时代后腿的那股定力
——《时代的疾病——精神访谈录》节选

问：在您心目中，文化是什么？如何看待继承和发展的关系？

答：文化，在我眼里，就是祖祖辈辈积攒下的那堆东西，就是万变不离其宗的那个"宗"。正是这个宗，给我们提供了一种身份认同，没有它，我们就不知自个儿是谁。

较之通常说的"发展"、"前进"，文化即拖时代后腿的那股定力，那个尾巴。它是一种反向力，是一种制约盲目、防止脱缰的力量。汽车有加速和油门系统，更有减速和刹车装置，文化即后者。它类似松鼠的尾巴，拖着你，纠正你，给你压阵。没这尾巴，你的跑、跳、变向、稳定性，都有问题，你会没有前途。

文化的特征，一是老，二是慢。

老就是古老，它帮我们收藏光阴和记忆。有个词很贴切，叫"古稀"，越古的东西越稀少，光阴把它们淹没了。老建筑、老街区、老字号、老报刊、老电影、老唱片、长者、古董、博物馆、线装书、繁体字……都是"老"的载体。我们现在的问题是不够老，老东西太少，超乎正常的少。我们的很多"老"都是非正常死亡，现代中国的破坏力太强。尤其是1949年后，"破旧立新"和"反封建迷信"，把无数珍贵的"老"扔进了废品站和火堆里。如今，城市乱改造也是个悲剧，很多"古"被铲倒、被篡改，建起了复古街。还有文言文和繁体字，没有哪个民族，它一百年前的母语竟需要翻译和注释。论国学和传统，大陆百姓和学者比台湾差得远，人家更像"国人"。

　　慢就是舒缓，即耐心、从容，对细节的迷恋。纸质阅读意味着慢，鸿雁传书意味着慢，笔墨纸砚意味着慢，手工馒头意味着慢，长篇小说意味着慢……我们现在的问题是太快、太匆匆、太日新月异，来不及停驻、来不及凝神，一切都进入了快餐年代。那种慢慢读一本书、慢慢写一封信、慢慢爱上一个人的生活，正越来越远。

　　我们停不下来，只好以"更快"代替"快"，用目不暇接屏蔽我们的挑剔。治疗焦虑的药方竟然成了——再快点，快得让自己来不及焦虑！

　　意大利导演安东尼奥尼在《云上的日子》里讲了件事：墨西哥的山地民族有个规矩，上山途中，无论累不累，走一段即要停下休息，理由是"走得太快，人会丢了灵魂"。近年，欧洲兴起了一种"慢生活"运动，不是倡导慢，而是试图恢复生活本来的样子，正常的样子。慢，是一种节奏，更是一种美和秩序。

　　文化虽然老，却是最永恒的时尚。在一篇文章中我说过："变和巨变是一种意义，不变和少变也是一种意义，甚至蕴藏巨大的未来价值。"文化就是一种不变和少变的东西。

将来，世界会变成怎样的呢？许多年前，朋霍费尔预言说："在文化方面，它意味着从报纸和收音机返回书本，从狂热的活动返回从容的闲暇，从放荡挥霍返回冥想回忆，从强烈的感觉返回宁静的思考，从技巧返回艺术，从趋炎附势返回温良谦和，从虚张浮夸返回中庸平和。"

这是很乐观的憧憬，但愿别辜负它。

问：近年来国内兴起了"国学热"、"诸子百家热"，从央视的《百家讲坛》到各种出版物，从传媒到民间私塾和国学课程，您怎么看？您对诸子经典是什么价值判断？

答：相关话题，我前面好像提到过一点。

单就国学，我觉得不是什么坏事，国人需要精神秩序和资源，心灵上也有一种要和当代拉开距离的冲动。面对社会生活的复杂性、价值观的混乱和人生游戏的诡秘，很多线索和逻辑要厘清，大家需要一点答案和佐证，需要几句朗朗上口的话——好让游荡的精神有所搭乘。我们自己虽有思考，也有私下的答案，但毕竟太孤独了，我们的精神和答案都太孤独了。我们需要和某种遥远的事物相遇，从而对自己的判断更有信心。我有一篇刚写完的文章，叫《你在古代要有几个熟人》，说的大致是这意思。

我床头常放一些古人的书。我喜欢看《诗经》，觉得它有点像那时候的社会新闻或副刊故事。它写得很老实，接地气，不装，不端着，很松弛。读它你觉得心很安静、很自由。我也喜欢明清小品，那时说话和现在有点像了，很随意，也不端着，且笔墨不再那么俭，体量宽松了，像穿睡衣的感觉。

对诸子经典的价值，我说不好，缺乏深入研究。我认为古代书写有特殊性，用字非常省，别忘了人家是用竹简刻字，字库数量也有限，这使得每个句子都变成了一个富饶的信息库，潜量和潜能特别大。当一个人说话比较多的时候，信息趋于明朗，但寓意减少，同时会出错。但当我只说一句时，此话的可阐释性、内部空间就特别大，所以你会发现，古人那几摞书简，简直成了聚宝盆，可供后人无限地挖下去。每个时代和个人都可据自己的需要和精神倾向，生产附加值……就像《红楼梦》出来个"红学"一样，那是立方级的信息倍数。

先人一句话，十个后人会讲出十个意思。我看今人讲圣贤，更多感受到的是时代的精神需要。缺什么，就打着灯笼去找，总能找到的。其实，古代社会的复杂性，无论政治格局、社会信息、生活游戏和逻辑，都大大简化于今天，你要用他的智慧破解今天的复杂，我觉得不对称。所以在我看来，与其膜拜诸子的深刻，不如欣赏彼时的天真和精神的纯美。你不觉得孔子很天真吗？天真也是伟大啊。

我们今天丢的贵重之物里，有一件就叫天真。

先人很了不起，他用天真造了一部天书。当然，你不妨把它读成深刻，读成权威。他们的书都是有气场的，如光风霁月，能激发后人很多意想不到的东西。置身其中，如同沐浴，心灵在洗澡。

至于《百家讲坛》，我觉得就是一档节目吧，不用太费心思琢磨其背后。它在既往选题和风格上搞自我繁殖，是因为尝到了甜头，而且被允许。它想突破，但可能不被允许。我常在吃午饭时把它当收音机听，但它有个毛病，就是太啰嗦，它把目标人群设计得太低，且耐性太足。

对电视讲坛的未来，我倒有一点期待，那就是——像旅美学者林达夫妇的那些书，要是能变成讲稿就好了。那时，我将为它鼓掌。

2009 年根据对话整理

41

谈谈墓地，谈谈生命

— 1 —

圣经上说，你来自泥土，又必将回归泥土。所以灵魂就选择了大地，所以坟墓最本色的位置即在泥石草木间。

那是生者和逝人会晤、交谈的地方。那是一个退出时间的人最让他的亲者牵挂的地方。那儿安静、简易，茂盛的是草，是自己悄悄生长的东西。那儿没有人生，只有睡眠。那么多素不相识的人聚在一起，却不吵闹，不冲突。不管从前是什么，现在他们是婴儿，上帝的婴儿。他们像婴儿一样相爱，守着天国的纪律……他们没有肉体，只有灵魂。没有体积，只有气息。

一本书中提到，在巴黎一处公墓里，有位旅人发现了件不可思议的事：一座坟前竟有两块碑石，分别刻有妻子和情人的两段献辞。旅人暗想，一个多么幸运的家伙！他尤其称赞了那位妻子，对她的慷慨深为感叹。

我也不禁为这墓地的美打动了，为两个女子和一个男人的故事。在这个世界上，每个人都可能不止一次地爱上别人，也不止一次地被他人所爱，但谁又能如此幸运地被两个彼此宽容、互不妒恨的人所理解和怀念呢？

倘若少了墓地，人类会不会觉得孤独而凄凉？灵魂毕竟是缥缈的，墓地则提供了一块可让生者触摸到逝者的地方。它客观、实在，有空间感和可觅性，这是否在一定程度上抵御了死亡的寒冷和残酷？或许，在敏感的生者眼里，墓园远非冷却之地，生者可赋予它一切，给它新的呼吸、脚步、体温和思想……在那儿，人们和曾经深爱的人准时相遇，互诉衷肠，消弭思念之苦。

有位友人，二十几岁就走了。周年祭，他的女友，将一首诗焚在墓前——

> 暮风撩起世事的尘埃，远去了
> 这是你离去后思念剥落的第一个夜晚
> 这是你吐血后盛开的第一朵君子兰
> R，永远别说你真的死了
> 只要她还活着，你深爱的人还活着
> 只要她每年的这时候都来看你
> 她会用自己的时间来喂养你
> 她的血，她的肌肤

你无处不在地活着

活在她深夜的梦呓和醒来的孤寂里

……

R,永远别说你死了

一具女人的躯体

过去居住过你

如今,还居住着你

2

是生者的情感让墓地升起了炊烟?

中国人常烧纸,大概因了烟雾和灵魂皆有"缭绕"之感、形似神合、可融汇交合的缘故罢。但东方人对墓地的态度,显然不及欧洲那样深沉、浪漫而有力。

愈是宗教意绪强烈的民族,愈热爱和重视墓地,甚至视若家园的一部分。

我凝视过一些欧洲乡村墓地的照片,美极了。花草葱茏,光照和煦,与周围的屋舍看上去那么匹配,一点不刺眼、不突兀,一点没有歧视的痕迹……难怪有人说,在欧洲,甚至在都市,墓园亦是恋人约会的浪漫去处。

我有点不明白,为何东方常把最恶劣的环境、把生命不愿涉足的地方留给墓地,留给那些无法选择的人。在传统的东方语境中,坟冢常给人落下"阴风、凄雨、黄沙、蒿草、狰狞、厉鬼"的印象,令人不寒而栗、恐避不及。

或许是不同的生命美学,尤其是宗教意识缺席的缘故吧,墓地在东方视野里，总处于边缘位置，归于被冷落、遗弃和"打入另册"的角落，大有"生命不得入内"的禁区之嫌……所以，东方墓地便多了缕孤苦，少了份温情与眷顾，显得落落寡合、神情凄凉，给人以萧瑟之感。同时，东方人尤其是中国人，对墓地的访问少得可怜，大多清明时才偶尔被催促，去拔拔草、烧烧纸——连这也多出于对鬼魂的忧惧，受习俗所驱。

而在西方，情形就完全相反了。墓地和教堂、公园一样被视作生活领地的一部分，处于生态圈的正常位置。在他们心中，生死之间好像并无太大的隔膜，在生活的间隙中去一趟墓地，无须太远的路程、太大的心理障碍和灵魂负重，无须特殊的理由和民俗约定……仪式上也简单、随意得多。西人对于墓地，不仅仅是尊重，甚至是热爱，他们给生与死分配了同样的席位，同样的"居住"定义。

总之，墓地在东方文化中，是阴郁、沉疴和苦难的形象，在西方生活里，则温美、敞亮、生动得多。前者用以供奉，畏大于敬。后者力图亲近，意在厮守。

3

墓地，应成为人类生态中的一抹重要风景。

应以对生的态度对它，应最大限度地给其以爱意和活性。一块好的墓地，看上去应和"家"一样，是适于居住的地方：干净、朴素、祥和，阳光、雨水、草木皆充足，符合生命的审美设计。因为它是灵魂永远栖息的地方，是生者寄存情感和记忆的所在，也是人世离天堂最近的宿营地。

我一直觉得，有些特殊职业，诸如"护林员"、"灯塔人"、"守墓者"等，较之其他生命身份，更具宗教感，更易养成善良、正直和诚实的品格。而且也只有具备这种品性的人来司职，才是恰当的，才适应这些角色。因为其工作内容太安静了，和大自然结合太紧密了。一个生命长期浸润在那样的环境中，与森林、虫鸣、溪水、海浪、月光厮守，彼此依偎，互吮互吸，其灵魂必然兼容天地灵气，大自然的禀性和美质便会像露珠一样依附其体，无形中，生命便匹配了某种宗教品格和童话美德……

所以，在俄罗斯、欧洲的古典文学里，总会频频闪现一些富有人格魅力的"护林员"、"守墓人"形象。原因恐在此罢。

茨威格有篇散文——《世间最美的坟墓》，描述他在俄国看到的一幅感人情景："我在俄国所见景物中再没有比托尔斯泰墓更宏伟、更感人的了……顺着一条小道，穿过林间空地和灌丛，便到了墓前。它只是个长方形的土堆而已，无人守护，无人管理，只有几株大树……"托翁墓只是一方普普通通的土丘，没有碑，没有十字架，连姓名都省略了。这是托翁本人的心愿，据他的外孙女讲，墓旁那几株大树，是托翁小时候和哥哥亲手种的。当时他们听保姆说，一个人亲手种树的地方会变成幸福的所在……晚年的托翁某天突然想起了这事，便升起了一个念头，他嘱咐家人，将来自己要安息于那些树下。

茨威格叹道："这个比谁都感到名声之累的伟人，就像偶尔被发现的流浪汉、不为人知的士兵一般不留姓名地被埋葬了。谁都可进入他的墓地，围在四周稀疏的栅栏是从不关闭的——保护列夫·托尔斯泰得以安息的，没有任何别的东西，唯有人们的敬意……风儿在树木间飒飒响着，阳光在坟头嬉戏……成千上万来此的人，没有谁有勇气，哪怕仅仅从这幽静的土丘上摘一朵花作纪念。"

对有的人来说，墓地就是他的一具精神体态、一副灵魂表情。托翁墓便和他的著作一样，为世间添了一份壮阔的人文景观。这个一生梦想当农民的人终于有了一间自己的"茅舍"，他休憩在亲手种植的荫凉里。

那荫凉，将随着光阴的飘移而愈发盛大。

世上有些墓地，虽巍峨，却缺乏自然感和生命性，法老的金字塔、中国的帝王陵……凸起得都太夸张、太坚硬了。硕大的体积，捆着一团空荡荡的腐气，太具物质的膨胀力、太具侵略性、太彰显欲望，总之，有一种疏远尘世的味道，虽威风凛凛，却远离了人间体息和泥土亲情，一点不像生命栖息的地儿，反倒给人落下个印象：那人的的确确熄灭了。

4

从生命美学的角度讲，我欣赏西方那种婚礼和殡仪——教堂、钟声、十字架、鲜花、誓言、祈祷、神甫……因为它格调庄重、清素，情感深沉、诚实；因为它对死亡的体贴和亲吻；因为它仪式中包含的神圣向度与寂静元素……

想起了身边的一些追悼会——

热热闹闹的一群"乌合"，若非特殊的场景暗示，单看与会者的神情，想必你连仪式的性质都弄不清。假惺惺的寒暄、提线木偶式的鞠躬、千篇一律的讲稿有几句出自肺腑？尤其是那些一天不知要赶多少场子的领导，仓促贴在面皮上的"悲痛"像纸罩一样破绽百出、四下漏风……

纯粹闹剧，整个一雇佣军和戏班子。黑压压的阵容中，你找不到内心应有的庄重和寂静，只有窃窃私语的骚动、事不关己的冷漠……

你替那张没有表情的遗像冤屈，为那些无知无助的家属悲愤：为什么不拒绝？为什么不把这些"例行公事"的大员，不相干的戏客和"好奇先生"、"嚼舌太太"拒之门外？即使该来的没来，不该来的也一定不要来。

"死"本身是一种矗立，和"生"一样披覆尊严，它需要访问和垂怜，但拒绝轻薄和廉价的施舍。你须仰望，须心存虔诚和敬意，你脚步要轻，灵魂要诚实，要以生命的名义献上一份寂静、一炷心香……因为那个人，那个与你一样有着头颅、梦想、悲欢、家眷和不尽情思的逝者，你们都是生命，都有着惊人相似的生命共性。假如你实在做不到，无法献出这么多，那唯一的选择即远离，远离别人的不幸，免去打扰人家。一个没有悲痛感的人，对悲剧采取缺席的态度，也算是良知了。

我一直以为，葬礼应有极强的私人纯洁性，其驱动应来自情谊和爱。它拒绝喧嚣，应使用宗教礼仪，应排斥官方语言和公务色彩。人来到这里，应彻底是受了心灵的委托，受了真情的邀请。否则，既对不起生命，也侮辱了我们未来的死。

我常常觉得，一个人对死的态度即对生的态度。一个不尊重死亡的人，其品行必然是低劣的。一个拿葬礼作游戏的群体，其生存精神必然是轻浮的。

5

读过徐晓女士一篇惊心动魄的文字：《永远的五月》。

它是我十年来读到的最感人的来自当代人的祭文——

深秋，我终于为丈夫选定了块墓地。陵园位于北京的西山，背面是满山黄栌，四周是苍松和翠柏……同去的五六个朋友都认为这地方不错，我说："那就定了吧。"……我知道这不符合他的心愿，生前他曾表示安葬在一棵树下。那应该是一棵国槐，朴素而安详，低垂着树冠，春天开着一串串型不卓味不香不登大雅之堂的白色小花。如果我的居室在一座四合院，我一定会种上一棵国槐，把他安葬在树下，浇水、剪枝，一年年地看着他长得高大粗壮起来，直到我老，直到我死……然而……我在心里说：郿英，对不起……

周郿英，一个把生命献给精神探索和良知事业的民间知识分子，一个拥有诸多美德而令所有结识他的朋友都为之骄傲的人，在同病魔抗争了四年后，1994年5月5日去世，年仅48岁。

朋友们把他的葬礼办成了一个告别会，既俭朴又隆重。哀乐是美国影片《基督最后的诱惑》的主题曲《带着这样的爱》，野花、松叶和绿草盖满了他的全身。他最后一次和大家在一起，告别之后，他将独自远行……

这是我所知道的当代最美和最诚实的葬礼了。它安静、幼小，纯洁得像个童话，像一盏乡村油灯，围拢着最好的朋友。它安静得像一页纸、一张课桌，刻着最简短的话。它被友情擦得那样光亮，不含一丝尘垢……

在物欲横流、一切正变得可疑的时代，有几人能如此幸运？
这样的朋友！这样的妻子！这样的爱和声声呼唤！

史铁生代表大家致了悼词——

他的喜悦和忧愁从来牵系于人间的正义和自由,因而他的心魂并不由于一个身影的消逝而离我们遥远……郿英,所有你的朋友,都不会忘记你那简陋而温暖的小屋,因其狭小我们的膝盖碰着膝盖,因其博大,那儿连通着几乎整个世界。在世界各地你的朋友,都因失去你,心存一块难以弥补的空缺,又因你的精神永在,而感激命运慷慨的馈赠。郿英,你的亲人和我们在一起,你幼小的儿子将慢慢知道他的父亲,以你为骄傲并成为你的骄傲。郿英,愿你安息。郿英,在天在地,我们互不相忘。

1999 年,我读到的书里,有一本是廖亦武编的《沉沦的圣殿——七十年代地下诗歌遗照》。在那里,第 356 页,我看到了周郿英的坟照和史铁生撰写的墓铭全文。我久久凝注那块白色碑石,它安静极了,安静得正直、高尚、年轻,俨然一副脸庞……猛然一记震颤,我觉出那照片中草和树影在动,有风,身体里有一股疾风倏地掠过,从脊背到胸腔,比时间还快。

接下来那个空荡荡的下午,我什么也不做,一直在想那位妻子和儿子,想那位女人的《永远的五月》……

又是春天,又是樱花盛开的季节……我会献上一个用白色的玫瑰和紫色的勿忘我扎成的花圈,然后默默地告诉他:郿英,我们的儿子将慢慢地知道你,他会以你为骄傲并将成为你的骄傲。郿英,在天在地,我们互不相忘!

在中国，在当代，她的美、她的庄严和深情，超过了诗，超过了一切友谊和爱情的神话。

6

之所以对《永远的五月》如此钟情，还有一个私人情结："树葬"。

这是我私下的一个命名。一个人死了，我以为最好的方式便是葬于自家宅院的一棵树下，连坟、碑也不要……我一直以为，对生命和大自然来说，美的一个重要准则即"节约"。落叶归根，人也应像那些褪去绿色的叶子一样，尽快睡入泥土才是，任何外在的复杂都是一种烦恼——物质的浪费和精神的累赘。

人一旦成了一棵树，"死"也就转为一种生长，一种生生不已的存在。死即不再是一种毁灭，不再是可怕的终止和虚无。同时，人树相邻，日夜厮守，春华秋实亦能抚慰亲人的思念之苦。至少从精神上，抚摸一棵树和拥抱一具躯体是没大区别的。

想想吧，那些寂静无眠的时刻，那些雨滴石阶的深夜，听一棵茂盛大树浑厚的呼吸声……或深秋的一个傍晚，在地上拾起一片叶子，细细凝视那些叶脉，就像注视一个人手臂上的血管，就像注视爱人的一根发丝……

记得少时和儿伴们讨论来生做什么，别人都争当各种动物，我却莫名地表示：假若有来世，就生为一棵树……喜欢树，大概因为树带给一个孩子的礼物实在太丰盛了吧，樱桃、桑葚、槐花、蜂巢、松仁……那时我就隐约觉得：树和人的关系是最近最亲的，树是生命最好的搭档。有一年在乡下，我见过一株奇树：一棵粗壮的古柏，至少有几百年树龄罢，树身围成一弧，中间竟怀着一株年轻的杨槐……当地还流传着一个"柏男槐女"的故事，大意是一对夫妻如何生离死别又转世相聚。

正是因为这些树的情结，我对徐晓女士的那声"对不起"深存一份感动和敬意。这是一个懂得死、懂得浪漫和怜惜、懂得生命之美的人，她知道什么是最好的安置亲人的方式，虽然当代生存资源不支持她那份"树葬"的愿望，但她把心痛亮出来了。有一天，她定会履践它、兑现它，或由他们的儿子去承续。

假如有一天，我离开了这个世界，我也希望有人能这样对我，能以这样的方式收藏我……将我埋于一棵树下，最好为一棵梧桐。

不过我是有一份忐忑的，那就是我的爱人。虽然渴望能被她永远收藏，渴望自己的灵魂能伴之左右——让那棵树守着我们的家，渴望爱人能在寂静的夜晚常去看望、抚摸那棵树……但我同时更觉出了一份痛：假如那时我们仍不算老，这意味着她将从此一个人熬过剩下的漫漫岁月。那棵树的存在，将使她无法再平静地开启新生活……

这是否公平？是否真符合我灵魂的想法？

她是一个什么样的女人？什么样的幸福对之才是一种真实的幸福？才使之不致委屈生命？

如果她做不到，或者我不希望她做到，那么我最大的愿望就是回到我出生的那个家，变成故乡的一棵树，变成父母身边的一棵树。

某个日子，假如她偶尔来到树下，我希望能看见她从我身上取走一片叶子……朋友也这样。我唯一能赠予他们的，也只有树叶了。

我要对他们说声：谢谢。

2002 年

42

这是最好的时代,这是最坏的时代
——《古典之殇——纪念原配的世界》序

当我们正在为生活疲于奔命的时候,生活已经离我们而去。

——约翰·列侬

如果我说我们对它既是不能忍受的、又与它相处得不错,你会理解我的意思吗?

——萨特

1

19世纪的狄更斯在《双城记》开头写道:"那是最美好的时代,那是最糟糕的时代;那是智慧的年头,那是愚昧的年头;那是信仰的时期,那是怀疑的时期;那是光明的季节,那是黑暗的季节……"

这是段让人隐隐动容的话。

他的指向是法国大革命。起先，我以为这样的评语只适于精神激昂、大变革和大撕裂的时代——分泌的希望和绝望同样多、创造力和破坏力同样大。但现在，我改了看法，觉得它几乎匹配任何岁月，每个人都会对自己的现世发出类似感慨。

前几天，接受一位独立制片人采访，地点是明城墙旁的酒吧，当被问"你怎么评价这个时代"时，狄更斯的话猛然在空气中一闪，像玻璃片的反光，我本能地眯起眼。朋友说，你眯眼的样子像是皱眉和闪躲，又像憧憬或陶醉。

那个寒风尖锐，但有阳光和红茶的下午，我说："这是个最好的时代，也是个最坏的时代。"

两个"最"，说明逻辑的极度矛盾和混乱。但感情上，我们没理由不爱现世、不支持和肯定当代价值，因为我们只有它，我们的摇篮和坟墓、生涯和意义都住在里头——就像蚯蚓湮没在泥土里。我们把一辈子，仅有的一辈子都抵押给它，献身于它了。

俄国乡村诗人叶赛宁自杀后，高尔基哀鸣：他生得太早，或太晚了。

我以为，这是句悲伤过度的话。其实，每个人都生逢其时，每个人都结实地拥抱了自己的时代。每个人，都在厌恶与赞美、冷漠与狂热、怀疑与信任、逃避与亲昵中完成了对时代的认领。

更何况，每个人都从周围的人堆里找到了恋人、情人、友人，都娶了当代某女为妻，或以幸福的名义嫁给了某男，而对方，恰恰是时代的分泌物。

当你说爱一个人的时候，其实说的就是爱这个时代。

除了爱，别无选择。连敌视和诅咒，亦属同样感情。

2

采访中,对方还提了个有趣的问题:能说说"世界"的含义吗?

我犹豫了一下,断续表达了这样的意思——

世界是谁的?人类的吗?不,世界至少有两个组成、两个系统:人间和"非人间",或者说社会与自然、文明与荒野。前者是人类自身的成就,诸如国家、民族、政治、经济、文化、伦理等一切文明范畴,这项成就的历史尚不足万年;而后者乃大自然成就,即原始地理和物种繁衍,诸如山岳、湖泽、沙漠、冰川、海洋、生物、矿藏、气候,其历史已达46亿年。可你细打量,即会发现这样一个事实,围绕在我们身边的,几乎全是人类自己的成就:城乡、街巷、交通、社区、学校、医院、银行、商场、法律……20世纪中叶后的人类,正越来越深陷此境:我们只生活在自己的成就里!正拼命用自己的成就去篡改和毁灭大自然的成就!

可别忘了:连人类也是大自然的成就之一!

有个最新的科学推测:正是19亿年前某个瞬间猝现的一种可用阳光生产氧气的细菌,激发出了植物和生命,并彻底改变了地球进化史。而这记瞬间,偶然得不能再偶然,脆弱得不能再脆弱,堪称一个荒唐的奇迹。

许久许久以来,人类的价值观犯了个大错:想当然地以为世界即人间,即人类领地和家园,实则谬矣。人和万物一样,只是地球的匆匆过客,投宿而已。人不是地球业主,只是它的孩子,和草木虫豸细菌一样,受地球抚养……你可以视地球为家,但须看到它也是老虎、狮子和一棵草的家;它不止你一个孩子,而且在它眼里,所有孩子都是平等的，一视同仁。也许它无法阻止你去侵害别的孩子，但会颁布最严厉的惩罚，那就是：当它的孩子越来越少时，人——这个野心勃勃的物种也将面临末日，或精神上孤独而死，或肉体上被烈日席卷、缺氧窒息……在自然伦理上，若不能克服"人本位"、"人类中心论"，人终将死于自己，死于欲望的腐败。

人的悲剧尚在于，他凭借强大的智商、逻辑和麻木，早已把现实给无理地合理化了。

人必须学会节制和谦卑，必须承认占有了很多不该占有的地盘，消耗了很多不该消耗的资源。我们目前所有的伦理、美德和情怀，都只对内部成员才使用，一旦越过了物种边界，人类就变成了纳粹，野兽的能量即释放出来了……

我想，也许人类还有一种成就的可能，亦堪称最高成就：保卫大自然成就的成就！只是，留给人类的机会和时日，恐怕不多了。

3

那个阳光和红茶的下午，说着说着，我发觉自己的情绪陡然激烈了，像烧柴一样噼啪响，有点失态。

我清楚，这和哥本哈根有关。那个童话之城，刚结束了一场所谓"拯救人类最后机会"的大会，其悲怆堪比哈姆雷特的那句名言：活着，还是死去？

就在此前，好莱坞刚推出了世界末日大片：《2012》。而在印度洋岛国马尔代夫，刚上演了一场悲情的"行为艺术"：总统纳希德和14名部长佩带呼吸器，潜入海底召开内阁会。照现在的气候变暖趋势，本世纪内，该国将被海水淹没。而在喜马拉雅山，为抗议冰川速融，尼泊尔总理与众幕僚，头戴氧气罩，空降在海拔五千多米的珠穆朗玛峰地区。还有沉陷中的威尼斯，还有斐济人的哭泣，还有乞力马扎罗的雪，还有极地冰层和北极熊的忧郁……

然而，这却是个让人类蒙羞的政客大会。13 天里，上万名代表围绕所谓"共同而有区别的责任"吵得面红耳赤，一群孩子为赡养母亲讨价还价、唇焦舌燥，不外乎义务的大小、摊派的多少……这是怎样地不敬不孝？他们还把自己当成生存共同体吗？延期一天后，大会终于在遮羞布中落幕了，用"绿色和平"执行干事长库米的话说："如罪男罪女般逃往机场。"

而这 13 天里，我所在的电视频道每天直播这群人的吵架，不仅充当光荣的看客，还当起了裁判。

关于环境和人类命运，我不想再多说了，我愿采摘二十年前比尔·麦克基本在《自然的终结》里的几束声音：

> 将来，飓风、雷暴和大雨已不再是上帝的行动，而是我们的行动。

> 人类第一次变得如此强大，我们改变了周围的一切……从每一立方米的空气、温度计的每一次上升中，都可找到我们的欲求和习惯。

> 如果有人对我说，2010 年世界将发生极其不幸的事，我会在表面上显得关切，而潜意识里把它撂到一边。

> 我们没有创造这个世界，我们正忙于削弱它。我们需要找到

如何使我们自己变小一些、不再是世界中心的办法。

4

十几年前,《读书》杂志刊过李皖的一篇文章,《这么早就回忆了》。

内容忘了,但题目记住了。这是一个时代的精神题目。

世界变得太快,让人眼花缭乱,来不及驻留,来不及回味,来不及告别和回头再看一眼。一眨眼工夫,无数事物只剩下背影,成了往事和收藏。你跟不上,一个敏感者,一个内心喜欢稳定和秩序的人,会痛苦,会失措和迷惘。

伤逝提前降临了,这是对清晨的怀念。

现代人过早地进入了心灵黄昏。

大约十年前,我写过一篇文章,《古典之殇》。主题是:当我们大声朗读古典诗词时,殊不知,那些美丽的乡土和自然风物、那些曾把人类引入美好意境的物境,早已荡然无存;现实空间里,我们找不到古人的精神现场,找不到对应物,连遗址都没有……古诗词,成了大自然的悼词和殉碑。

其实,何须祭典古诗,何须凭吊人类童年,连我这代人的儿时记忆也被摧毁了:那些草长莺飞、鱼戏虾翩,那些青山绿水、星河灿烂,那些夏夜流萤、遍地蛙声,还有古老的祠堂、绕村的小河和隆重的民俗……皆一夜间蒸发了。从乡村到城市,每个人的故乡都在沦陷,每个归来的游子都成了陌生人。而这,远非"发展"、"进步"、"新貌"、"建设"等词所能遮掩得了的。

有个写作构想我频频对朋友提起，我说你们拿去写吧，一个非常有意义但我无暇顾及的题目，那就是：对比古代生活和人类童年，搜索一下我们今天究竟流逝了什么？用美学的眼睛，用心灵的触角，从自然和人文角度，列个清单，慢慢建档，别急于评论……我说你知道古人取什么水煮茶吗？江河水！《茶经》中，它的名次排在井水前。我说你耳朵里还住着寂静吗？你读"长安一片月，万户捣衣声"的最大感受是什么？我觉得那会儿的夜真静啊！我说你有多少年没见过萤火虫、没遇到过黑夜了？真正的黑夜！我说你见过蹦蹦跳跳自己上学或放学的城市孩子吗？我们那代人全是在这条路上长大的呀！我说这些年，你见过一只登堂入室的燕子吗？你见过一只自然长大的鸡或猪吗？你嚼过不含添加剂的馒头吗？你尝过不喂化肥、农药的蔬菜吗？你吃过自己种的哪怕一丁点儿的粮食或瓜果吗……

是啊，这么早就开始怀念了。

说上述话的时候，我30岁。

5

人是高于自然的吗？文明是以摆脱自然性为标志的吗？

我绝不承认。和社会的复杂性、文明的深邃与诡异相比，我越来越支持人的本位落户于自然，和草木鸟兽没什么两样，唯一差异即人能更深刻地领悟这点。正像霍尔姆斯·罗尔斯顿所称："生命是自然赋予人类的，我们有着自然给予的脑和手、基因和血液中的化学反应，我们生命内容的百分之九十仍是自然的，只有剩下的那点属于人为。"

距狄更斯一百年后，他的话被一个人所重复——

我们生于一个野蛮、残忍，但同时又极美的世界。判定这世界无意义成分还是有意义成分居多，这由个人性情决定……我珍视这样一种渴望，即有意义的成分将居主导，并取得胜利……有这么多东西满溢了我的心：草木、鸟兽、云彩、白昼与黑夜，还有人内心的永恒。我越对自己感到不确信，即越有一种想跟万物亲近的感觉。（卡尔·荣格）

与狄更斯的政治民生——这一经典社会矛盾相比，作为心理学大师，荣格把现代人更隐深的精神困境和灵魂危机，抖落了出来。对21世纪的我来说，荣格的感受来得更强烈和清晰，更贴近我的日常状态，仿佛每天醒来要说的第一句话，也是我与自己对话时最重要和频繁的内容。

责备和爱、尖锐与温情、落寞和信心，是我对当代的基本态度，如此矛盾又如此和谐。与荣格一样，我内心常涌起一股"永恒"和"安宁"——当我把双脚插入泥汀和草丛时，当我觉得生命像蜻蜓稳稳落于枝头、落在自然本位上时。

那一刹，我知道了自己是谁，我从哪里来，到哪里去。

那一刹，我清楚了生命真相、世界真相、灵魂真相。

当真相大白，当事物恢复了它的本来面目，惶恐和悲伤就散去了。

正像海子的醒来："从明天起，做一个幸福的人，喂马，劈柴……从明天起，关心粮食和蔬菜……"

6

关于这本书，再说点什么呢。

让我想想，我为什么要写它。

它大概基于这样一个印象——

造物主最初颁发给人类的世界——那个"原配的世界"，那个天光明澈、风物灿烂的世界，正渐行渐远。无数草木和生灵消逝了，似乎只剩下我们自己。

大自然身负重伤，古老的秩序和天然逻辑被破坏，乃现代化之最大恶果。它冒犯的不仅是神性，损害的不仅是生态和资源，更有精神美学和心灵家园。物性决定人性，物境塑造心境；物移则心移，物改则心易；人之灵源于山水之灵，人之德师于草木之德。所谓"人心不古"，盖因江山不古，万象不古。

我们损失惨重。许多疼痛和惊悚要等到未来，待神经复苏之后，才发出一声巨响。

原配的世界，人类的童年，真的结束了。

此乃天大的事，值得人类号啕大哭的事。

我们真要好好回忆一下，给自己一个郑重交代了。

前面我提到，曾反复向朋友推荐这条精神线索，但多年过去，发现竟还空着，只好自己来做了。其实，这是个很长很长的清单、很大很大的地图，除了消逝的风物资源，还有人生和心性的方方面面。我做不完，一群人也做不完……

总之，这是一本追溯古典、保卫生活的书。

一本修复记忆、唤醒感官和心灵美学的书。

我的注意力将从自然细节开始，从那些曾经来过却消逝的风物开始，从那些被人类辜负的美好元素开始，从儿时的记忆和笑声开始，比如荒野、河流、泉井、水桥、城丘、荒野、寂静、黑夜、流萤、虫鸣、鸽哨、燕巢……比如农历、节气、故乡、劳动、女织、脚力、街坊、漫步、放学路上……

它们被丢弃和典当了。有的或许能赎回来,有的则永远不能。

但我不承认这是本悲观的书,因为我是怀着爱和暖意来写的。

在那次采访的尾声,被问道:你对未来的希望是什么?

我说,我希望人间重建美好的秩序,我希望自然恢复古老的面目。

最后,借海明威的话结束这篇不知从何谈起的序言吧——

"这世界很美好,值得我们去奋斗!"

—— 2010 年